莎士比亚全集·中文本（典藏版）
William Shakespeare: Complete Works

［英］威廉·莎士比亚（William Shakespeare）著
辜正坤 主编／覃学岚 译

亨利六世（中）

The Second Part of
Henry the Sixth

外语教学与研究出版社
北京

京权图字：01-2016-5026

图书在版编目（CIP）数据

亨利六世. 中／（英）威廉·莎士比亚（William Shakespeare）著；覃学岚译.
北京：外语教学与研究出版社，2024．6．--（莎士比亚全集／辜正坤主编）.
ISBN 978-7-5213-5365-5

I . I561.33
中国国家版本馆 CIP 数据核字第 2024XB8591 号

亨利六世（中）

HENGLI LIU SHI (ZHONG)

出 版 人	王　芳
项目负责	邢印姝　郭芮萱
责任编辑	李旭洁
责任校对	李　鑫
封面设计	张　潇
出版发行	外语教学与研究出版社
社　　址	北京市西三环北路 19 号（100089）
网　　址	https://www.fltrp.com
印　　刷	三河市北燕印装有限公司
开　　本	710×1000　1/16
印　　张	12
字　　数	192 千字
版　　次	2024 年 6 月第 1 版
印　　次	2024 年 6 月第 1 次印刷
书　　号	ISBN 978-7-5213-5365-5
定　　价	68.00 元

如有图书采购需求，图书内容或印刷装订等问题，侵权、盗版书籍等线索，请拨打以下电话或关注官方服务号：
客服电话：400 898 7008
官方服务号：微信搜索并关注公众号"外研社官方服务号"
外研社购书网址：https://fltrp.tmall.com

物料号：353650001

记载人类文明
沟通世界文化
www.fltrp.com

出版说明

　　1623 年，莎士比亚的演员同僚们倾注心血结集出版了历史上第一部《莎士比亚全集》——著名的第一对开本，这是三百多年来许多导演和演员最为钟爱的莎士比亚文本。2007 年，由英国皇家莎士比亚剧团（Royal Shakespeare Company）推出的《莎士比亚全集》，则是对第一对开本首次全面的修订。

　　本套《莎士比亚全集》新汉译本，正是依据当今莎学界最负声望的皇家版《莎士比亚全集》翻译而成。译本的凡例说明如下：

　　一、**文体**：剧文有诗体和散体之分。未及最右行末即转行的为诗体。文字连排、直至最右行末转行的，则为散体。

　　二、**舞台提示**：

　　1）角色的上场与下场及其他舞台提示以仿宋体排出，穿插于剧文中的舞台提示以圆括号进行标注，如：（对亨利王子）。

　　2）舞台提示中的特殊符号。译本所依据的皇家版《莎士比亚全集》的编辑者对舞台提示中的不确定情形以特殊符号予以标注，译本亦保留了这些符号：如（旁白？）表示某行剧文既可作为旁白，亦可当作对话；又如某个舞台活动置于箭头 ↓↓ 之间，表示它可发生在一场戏中的多个不同时刻。

　　三、**脚注**：脚注中除标注有"译者附注"字样的，均译自或改编自皇家版《莎士比亚全集》注释。脚注多为对剧文中背景知识及专名的解释，以使读者更好地理解剧情；亦包含部分与英文原文相关的脚注，以使读者在品味译者的佳文时，亦体验到英文原文的精妙。

四、文本：译本以第一对开本为蓝本，部分剧目中四开本与之明显相异的段落亦有译出，附于正文之后，供读者参考。

此《莎士比亚全集》新汉译本历经策划、翻译、编辑加工和印装等工序，各个环节的参与者均竭尽全力，力求完美，但由于水平、精力所限，难免有所错漏，敬请广大读者赐教指正。

外语教学与研究出版社
综合出版事业部

莎士比亚诗体重译集序

辜正坤

他非一代骚人，实属万古千秋。

这是英国大作家本·琼森（Ben Jonson）在第一部《莎士比亚全集》（*Mr. William Shakespeares Comedies, Histories, & Tragedies*，1623）扉页上题诗中的诗行。三百多年来，莎士比亚在全球逐步成为一个家喻户晓的名字，似乎与这句预言在在呼应。但这并非偶然言中，有许多因素可以解释莎士比亚这一巨大的文化现象产生的必然性。最关键的，至少有下面几点。

首先，其作品内容具有惊人的多样性。世界上很难有第二个作家像莎士比亚这样能够驾驭如此广阔的题材。他的作品内容几乎无所不包，称得上英国社会的百科全书。帝王将相、走卒凡夫、才子佳人、恶棍屠夫……一切社会阶层都展现于他的笔底。从海上到陆地，从宫廷到民间，从国际到国内，从灵界到凡尘……笔锋所指，无处不至。悲剧、喜剧、历史剧、传奇剧、叙事诗、抒情诗……都成为他显示天才的文学样式。从哲理的韵味到浪漫的爱情，从盘根错节的叙述到一唱三叹的诗思，波涛汹涌的情怀，妙夺天工的笔触，凡开卷展读者，无不为之拊掌称绝。即使只从莎士比亚使用过的海量英语词汇来看，也令人产生仰之弥高的感觉。德国语言学家马克斯·缪勒（Max Müller）原以为莎士比亚使用过的词汇最多为 15,000 个，事后证明这当然是小看了语言大师的词汇储藏量。美国教授爱德华·霍尔登（Edward Holden）经过一番考察后，认为至少达 24,000 个。可是他哪里知道，这依然是一种低估。有学者甚至声称用电脑检索出莎士比亚用的词汇多达 43,566 个！当然，这些数据还不是莎士比亚作品之所以产生空前影响的关键因素。

其次，但也许是更重要的原因：他的作品具有极高的娱乐性。文学作品的生命力在于它能寓教于乐。莎士比亚的作品不是枯燥的说教，而是能够给予读者或观众极大艺术享受的娱乐性创造物，往往具有明显的煽情效果，有意刺激人的欲望。这种艺术取向当然不是纯粹为了娱乐而娱乐，掩藏在背后的是当时西方人强有力的人本主义精神，即用以人为本的价值观来对抗欧洲上千年来以神为本的宗教价值观。重欲望、重娱乐的人本主义倾向明显对重神灵、重禁欲的神本主义产生了极大的挑战。当然，莎士比亚的人本主义与中国古人所主张的人本主义有很大的区别。要而言之，前者在相当大的程度上肯定了人的本能欲望或原始欲望的正当性，而后者则主要强调以人的仁爱为本规范人类社会秩序的高尚的道德要求。二者都具有娱乐效果，但前者具有纵欲性或开放性娱乐效果，后者则具有节欲性或适度自律性娱乐效果。换句话说，对于 16、17 世纪的西方人来说，莎士比亚的作品暗中契合了试图挣脱过分禁欲的宗教教义的约束而走向个性解放的千百万西方人的娱乐追求，因此，它会取得巨大成功是势所必然的。

第三，时势造英雄。人类其实从来不缺善于煽情的作手或视野宏阔的巨匠，缺的常常是时势和机遇。莎士比亚的时代恰恰是英国文艺复兴思潮达到鼎盛的时代。禁欲千年之久的欧洲社会如堤坝围裹的宏湖，表面上浪静风平，其底层却汹涌着决堤的纵欲性暗流。一旦湖堤洞开，飞涛大浪呼卷而下，浩浩汤汤，汇作长河，而莎士比亚恰好是河面上乘势而起的弄潮儿，其迎合西方人情趣的精湛表演，遂赢得两岸雷鸣般的喝彩声。时势不光涵盖社会发展的总趋势，也牵连着别的因素。比如说，文学或文化理论界、政治意识形态对莎士比亚作品理解、阐释的多样性与莎士比亚作品本身内容的多样性产生相辅相成的效果。"说不尽的莎士比亚"成了西方学术界的口头禅。西方的每一种意识形态理论,尤其是文学理论,要想获得有效性,都势必会将阐释莎士比亚的作品作为试金石。17世纪初的人文主义,18世纪的启蒙主义,19世纪的浪漫主义,20世纪的现实主义或批判现实主义,都不同程度地、选择性地把莎士比亚作品作为阐释其理论特点的例证。也许17世纪的古典主义曾经阻遏过西方人对莎士比亚作品的过度热情,但是19世纪的浪漫主义流派却把莎士比亚作品推崇到无以复加的崇高地位,莎士比亚俨然成了西方文学的神灵。20世纪以来,西方资本主义阵营和社会主义阵营可以说在意识形态的各个方面都互相对立,势同水火,可是在对待莎士比亚的问题上,居然有着惊人的共识与默契。不用说,社会主义阵营的立场与社会主义理论的创始人马克思(Karl Marx)、恩格斯(Friedrich Engels)个人的审美情趣息息相关。马克思一家都是莎士比亚的粉丝;马克思称莎士比亚为"人类最伟大的天才之一,人类文学奥林波斯山上的宙斯"!他号召作家们要更加莎士比亚化。恩格斯甚至指出:"单是《快乐的温莎巧妇》[1]的第一幕就比全部德国文学包含着更多的生活气息。"不用说,这些话多多少少有某种程度的文学性夸张,但对莎士比亚的崇高地位来说,却无疑产生了极大的推动作用。

第四,1623年版《莎士比亚全集》奠定莎士比亚崇拜传统。这个版本即眼前译本所依据的皇家版《莎士比亚全集》(*The RSC William Shakespeare: Complete Works*, 2007)的主要内容。该版本产生于莎士比亚去世的第七年。莎士比亚的舞台同仁赫明奇(John Heminge)和康德尔(Henry Condell)整理出版了第一部莎士比亚戏剧集。当时的大学者、大

1　英文剧名为 The Merry Wives of Windsor,朱生豪先生译作《温莎的风流娘儿们》;重译本综合考虑剧情和英文书名,译作《快乐的温莎巧妇》。

作家本·琼森为之题诗,诗中写道:"他非一代骚人,实属万古千秋。"这个调子奠定了莎士比亚偶像崇拜的传统。而这个传统一旦形成,后人就难以反抗。英国文学中的莎士比亚偶像崇拜传统已经形成了一种自我完善、自我调整、自我更新的机制。至少近两百年来,莎士比亚的文学成就已被宣传成世界文学的顶峰。

第五,现在署名"莎士比亚"的作品很可能不只是莎士比亚一个人的成果,而是凝聚了当时英国若干戏剧创作精英的团体努力。众多大作家的智慧浓缩在以"莎士比亚"为代号的作品集中,其成就的伟大性自然就获得了解释。当然,这最后一点只是莎士比亚研究界若干学者的研究性推测,远非定论。有的莎士比亚著作爱好者害怕一旦证明莎士比亚不是署名为"莎士比亚"的著作的作者,莎士比亚的著作便失去了价值,这完全是杞人忧天。道理很简单,人们即使证明了《红楼梦》的作者不是曹雪芹,或《三国演义》的作者不是罗贯中,也丝毫不影响这些作品的伟大价值。同理,人们即使证明了《莎士比亚全集》不是莎士比亚一个人创作的,也丝毫不会影响《莎士比亚全集》是世界文学中的伟大作品这个事实,反倒会更有力地证明这个事实,因为集体的智慧远胜于个人。

皇家版《莎士比亚全集》译本翻译总思路

横亘于前的这套新译本,是依据当今莎学界最负声望的皇家版《莎士比亚全集》进行翻译的,而皇家版又正是以本·琼森题过诗的1623年版《莎士比亚全集》为主要依据。

这套译本是在考察了中国现有的各种译本后,根据新的历史条件和新的翻译目的打造出来的。其总的翻译思路是本套译本主编会同外语教学与研究出版社的相关领导和责任编辑讨论的结果。总起来说,皇家版《莎士比亚全集》译本在翻译思路上主要遵循了以下几条：

1. 版本依据。如上所述，本版汉译本译文以英国皇家版《莎士比亚全集》为基本依据。但在翻译过程中，译者亦酌情参阅了其他版本，以增进对原作的理解。

2. 翻译内容包括：内页所含全部文字。例如作品介绍与评论、正文、注释等。

3. 注释处理问题。对于注释的处理：1）翻译时，如果正文译文已经将英文版某注释的基本含义较准确地表达出来了，则该注释即可取消；2）如果正文译文只是部分地将英文版对应注释的基本含义表达出来，则该注释可以视情况部分或全部保留；3）如果注释本身存疑，可以在保留原注的情况下，加入译者的新注。但是所加内容务必有理有据。

4. 翻译风格问题。对于风格的处理：1）在整体风格上，译文应该尽量逼肖原作整体风格，包括以诗体译诗体，以散体译散体；2）在具体的文字传输处理上，通常应该注重汉译本身的文字魅力，增强汉译本的可读性。不宜太白话，不宜太文言；文白用语，宜尽量自然得体。句子不要太绕，注意汉语自身表达的句法结构，尤其是其逻辑表达方式。意义的异化性不等于文字形式本身的异化性，因此要注意用汉语的归化性来传输、保留原作含义的异化性。朱生豪先生的译本语言流畅、可读性强，但可惜不是诗体，有违原作形式。当下译本是要在承传朱先生译本优点的基础上，根据新时代的读者审美趣味，取得新的进展。梁实秋先生等的译本，在达意的准确性上，比朱译有所进步，也是我们应该吸纳的优点。但是梁译文采不足，则须注意避其短。方平先生等的译本，也把莎士比亚翻译往前推进了一步，在进行大规模诗体翻译方面作出了宝贵的尝试，但是离真正的诗体尚有距离。此外，前此的所有译本对于莎士比亚原作的色情类用语都有程度不同的忽略，本套皇家版译本则尽力在此方面还原莎士比亚的本真状态（论述见后文）。其他还有一些译本，亦都应该受到我们的关注，处理原则类推。每种译本都有自己独特的东西。我们希望美的译文是这套译本的突出特点。

5. 借鉴他种汉译本问题。凡是我们曾经参考过的较好的译本，都在适当的地方加以注明，承认前辈译者的功绩。借鉴利用是完全必要的，但是要正大光明，避免暗中抄袭。

6. 具体翻译策略问题特别关键，下文将其单列进行陈述。

莎士比亚作品翻译领域大转折：真正的诗体译本

莎士比亚首先是一个诗人。莎士比亚的作品基本上都以诗体写成。因此，要想尽可能还原本真的莎士比亚，就必须将莎士比亚作品翻译成为诗体而不是散文，这在莎学界已经成为共识。但是紧接而来的问题是：什么叫诗体？或需要什么样的诗体？

按照我们的想法：1）所谓诗体，首先是措辞上的诗味必须尽可能浓郁；2）节奏上的诗味（包括分行）等要予以高度重视；3）结合中国人的审美习惯，剧文可以押韵，也可以不押韵。但不押韵的剧文首先要满足前两个要求。

本全集翻译原计划由笔者一个人来完成。但是，莎士比亚的创作具有惊人的多样性，其作品来源也明显具有莎士比亚时代若干其他作家与作品的痕迹，因此，完全由某一个译者翻译成一种风格，也许难免偏颇，难以和莎士比亚风格的多样性相呼应。所以，集众人的力量来完成大业，应该更加合理，更加具有可操作性。

具体说来，新时代提出了什么要求？简而言之，就是用真正的诗体翻译莎士比亚的诗体剧文。这个任务，是朱生豪先生无法完成的。朱先生说过，他在翻译莎士比亚作品时，"当然预备全部用散文译出，否则将要了我的命"。[1] 显然，朱先生也考虑过用诗体来翻译莎士比亚著作的问题，但是他的结论是：第一，靠单独一个人用诗体翻译《莎士比亚全集》是办不到的，会因此累死；第二，他用散文翻译也是不得已的办法，因为只有这样他才有可能在有生之年完成《莎士比亚全集》的翻译工作。

将《莎士比亚全集》翻译成诗体比翻译成散文体要难得多。难到什么程度呢？和朱生豪先生的翻译进度比较一下就知道了。朱先生翻译得最快的时候，一天可以翻译一万字。[2] 为什么会这么快？朱先生才华过人，这当然是一个因素，但关键因素是：他是用散文翻译的。用真正的诗体就不一样了。以笔者自己的体验，今日照样用散文翻译莎士比亚剧本，最快时也可达到每日一万字。这是因为今日的译者有比以前更完备的注释本和众多的前辈汉译本作参考，至少在理解原著时，要比朱先生当年省力得多，所以翻译速度上最高达到一万字是不难的。但是翻译成诗体就是另外一回事了。这比自己写诗还要难得多。写诗是自己随意发挥，译诗则必须按照别人的意思发挥，等于是戴着镣铐跳舞。笔者自己写诗，诗兴浓时，一天数百行都可以写得出来，但是翻译诗，一天只能是几十行，统计成字数，往往还不到一千字，最多只是朱生豪先生散文翻译速度的十分之一。梁实秋先生翻译《莎士比亚全集》用的也是散文，但是也花了 37 年，如果要翻译成真正的诗体，那么至少得 370 年！由此可见，真正的诗体《莎士比亚全集》汉译本的诞生，有多么艰难。此次笔者约稿的各位译者，都是用诗体翻译，并且都表示花费了大量的时间，

1　见朱生豪大约在 1936 年夏致宋清如信："今天下午，我试译了两页莎士比亚，还算顺利，不过恐怕终于不过是 Poor Stuff 而已。当然预备全部用散文译出，否则将要了我的命。"（《伉俪：朱生豪宋清如诗文选》下卷，中国青年出版社，2013 年，第 94 页）

2　朱生豪："今天因为提起了精神，却很兴奋，晚上译了六千字，今天一共译一万字。"（同上，第 101 页）

皇家版《莎士比亚全集》译本凝聚了诸位译者的多少努力，也就不言而喻了。

翻译诗体分辨：不是分了行就是真正的诗

主张将莎士比亚剧作翻译成诗体成了共识，但是什么才是诗体，却缺乏共识。在白话诗盛行的时代，许多人只是简单地认定分了行的文字就是诗这个概念。分行只是一个初级的现代诗要求，甚至不必是必然要求，因为有些称为诗的文字甚至连分行形式都没有。不过，在莎士比亚作品的翻译上，要让译文具有诗体的特征，首先是必定要分行的，因为莎士比亚原作本身就有严格的分行形式。这个不用多说。但是译文按莎士比亚的方式分了行，只是达到了一个初级的低标准。莎士比亚的剧文读起来像不像诗，还大有讲究。

卞之琳先生对此是颇有体会的。他的译本是分行式诗体，但是他自己也并不认为他译出的莎士比亚剧本就是真正的诗体译本。他说：读者阅读他的译本时，"如果……不感到是诗体，不妨就当散文读，就用散文标准来衡量"。[1]这是一个诚实的译者说出的诚实话。不过，卞先生很谦虚，他有许多剧文其实读起来还是称得上诗体的。原因是什么？原因是他注意到了笔者上文提到的两点：第一，诗的措辞；第二，诗的节奏。只不过他迫于某些客观原因，并没有自始至终侧重这方面的追求而已。

显然，一些译本翻译了莎士比亚的剧文，在行数上靠近莎士比亚原作，措辞也还流畅。这些是不是就是理想的诗体莎士比亚译本呢？笔者认为，这还不够。什么是诗，对于中国人来说有几千年的历史，我们不

1　卞之琳：《莎士比亚悲剧四种》，方志出版社，2007 年，第 4 页。

能脱离这个悠久的传统来讨论这个问题。为此，我们不得不重新提到一些基本概念：什么是诗？什么是诗歌翻译？

诗歌是语言艺术，诗歌翻译也就必须是语言艺术

讨论诗歌翻译必须从讨论诗歌开始。

诗主情。诗言志。诚然。但诗歌首先应该是一种精妙的语言艺术。同理，诗歌的翻译也就不得不首先表现为同类精妙的语言艺术。若译者的语言平庸而无光彩，与原作的语言艺术程度差距太远，那就最多只是原诗含义的注释性文字，算不得真正的诗歌翻译。

那么，何谓诗歌的语言艺术？

无他，修辞造句、音韵格律一整套规矩而已。无规矩不成方圆，无限制难成大师。奥运会上所有的技能比赛，无不按照特定的规矩来显示参赛者高妙的技能。德国诗人歌德（Johann Wolfgang von Goethe）《自然和艺术》（"Natur und Kunst"）一诗最末两行亦彰扬此理：

非限制难见作手，

唯规矩予人自由。[1]

艺术家的"自由"，得心应手之谓也。诗歌既为语言艺术，自然就有一整套相应的语言艺术规则。诗人应用这套规则时，一旦达到得心应手的程度，那就是达到了真正成熟的境界。当然，规矩并非一点都不可打破，但只有能够将规矩使用到随心所欲而不逾矩的程度的人，才真正有资格去创立新规矩，丰富旧规矩。创新是在承传旧规则长处的基础上来进行的，而不是完全推翻旧规则，肆意妄为。事实证明，在语言艺术上

---

1 In der Beschränkung zeigt sich erst der Meister, / Und das Gesetz nur kann uns Freiheit geben. 参见 http://www.business-it.nl/files/7d413a5dca62fc735a072b16fbf050b1-27.php.

凡无视积淀千年的诗歌语言规则，随心所欲地巧立名目、乱行胡来者，
永不可能在诗歌语言艺术上取得大的成就，所以歌德认为：

> 若徒有放任习性，
> 则永难至境遨游。[1]

诗歌语言艺术如此需要规则，如此不可放任不羁，诗歌的翻译自然
也同样需要相类似的要求。这个要求就是笔者前面提出的主张：若原诗
是精妙的语言艺术，则理论上说来，译诗也应是同类精妙的语言艺术。

但是，"同类"绝非"同样"。因为，由于原作和译作使用的语言载
体不一样，其各自产生的语言艺术规则和效果也就各有各的特点，大多
不可同样复制、照搬。所以译作的最高目标，是尽可能在译入语的语言
艺术领域达到程度大致相近的语言艺术效果。这种大致相近的艺术效果
程度可叫作"最佳近似度"。它实际上也就是一种翻译标准，只不过针
对不同的文类，最佳近似度究竟在哪些因素方面可最佳程度地（并不一
定是最大程度地）取得近似效果，不是一成不变的，而是具有高度的灵
活性。不同的文类，甚至针对不同的受众，我们都可以设定不同的最佳
近似度。这点在拙著《中西诗比较鉴赏与翻译理论》（清华大学出版社，
2010 年）的相关章节中有详细的厘定，此不赘。

话与诗的关系：话不是诗

古人的口语本来就是白话，与现在的人说的口语是白话一个道理。

---

[1] Vergebens werden ungebundene Geister / Nach der Vollendung reiner Höhe streben.
参 见 http://www.cosmiq.de/qa/show/3454062/Vergebens-werden-ungebundne-Geister-
Nach-der-Vollendung-reiner-Hoehe-streben-Was-ist-die-Bedeutung-dieser-2-Verse-Ich-komm-
nicht-drauf/t.

　　正因为白话太俗，不够文雅，古人慢慢将白话进行改进，使它更加规范、更加准确，并且用语更加丰富多彩，于是文言产生。在文言的基础上，还有更文的文字现象，那就是诗歌，于是诗歌产生。所以就诗歌而言，文言味实际上就是一种特殊的诗味。文言有浅近的文言，也有佶屈聱牙的文言。中国传统诗歌绝大多数是浅近的文言，但绝非口语、白话。诗中有话的因素，自不待言，但话的因素往往正是诗试图抑制的成分。

　　文言和诗歌的产生是低俗的口语进化到高雅、准确层次的标志。文言和诗歌的进一步发展使得语言的艺术性愈益增强。最终，文言和诗歌完成了艺术性语言的结晶化定型。这标志着古代文学和文学语言的伟大进步。《诗经》、楚辞、唐诗、宋词、元明戏曲，以及从先秦、汉、唐、宋、元至明清的散文等，都是中国语言艺术逐步登峰造极的明证。

　　人们往往忘记：话不是诗，诗是话的升华。话据说至少有**几十万年**的历史，而诗却只有**几千年**的历史。白话通过漫长的岁月才升华成了诗。因此，从理论上说，白话诗不是最好的诗，而只是低层次的、初级的诗。当一行文字写得不像是话时，它也许更像诗。"太阳落下山去了"是话，硬说它是诗，也只是平庸的诗，人人可为。而同样含义的"白日依山尽"不像是话，却是真正的诗，非一般人可为，只有诗人才写得出。它的语言表达方式与一般人的通用白话脱离开来了，实现了与通用语的偏离（deviation from the norm）。这里的通用语指人们天天使用的白话。试想把唐诗宋词译成白话，还有多少诗味剩下来？

　　谢谢古代先辈们一代又一代、不屈不挠的努力，话终于进化成了诗。

　　但是，20 世纪初一些激进的中国学者鼓荡起一场声势浩大的白话文运动。

　　客观说来，用白话文来书写、阅读自然科学和人文科学文献，例如哲学、政治学、伦理学、经济学等等文献，这都是**伟大的进步**。这个进步甚至可以上溯到八百多年前朱熹等大学者用白话体文章传输理学思想。
对此笔者非常拥护，非常赞成。

但是约一百年前的白话诗运动却未免走向了极端，事实上是一种语
言艺术方面的倒退行为。已经高度进化的诗词曲形式被强行要求返祖回
归到三千多年前的类似白话的状态，已经高度语言艺术化了的诗被强行
要求退化成话。艺术性相对较低的白话反倒成了正统，艺术性较高的诗
反倒成了异端。其实，容许口语类白话诗和文言类诗并存，这才是正确
的选择。但一些激进学者故意拔高白话地位，在诗歌创作领域搞成白话
至上主义，这就走上了极端主义道路。

这个运动影响到诗歌翻译的结果是什么呢？结果是西方所有的大诗
人，不论是古代的还是近代的，如荷马（Homer）、但丁（Dante）、莎士
比亚、歌德、雨果（Victor Hugo）、普希金（Alexander Pushkin）……都
莫名其妙地似乎用同一支笔写出了 20 世纪初才出现的味道几乎相同的白
话文汉诗！

将产生这种极端性结果的原因再回推，我们会清楚地明白，当年的
某些学者把文学艺术简单雷同于人文社会科学，误解了文学艺术，尤其
是诗歌艺术的特殊性质，误以为诗就是话，混淆了诗与话的形式因素。

针对莎士比亚戏剧诗的翻译对策

由上可知，莎士比亚的剧文既然大多是格律诗，无论有韵无韵，它
们都是诗，都有格律性。因此在汉译中，我们就有必要显示出它具有格
律性，而这种格律性就是诗性。

问题在于，格律性是附着在语言形式上的；语言改变了，附着其上
的格律性也就大多会消失。换句话说，格律大多不可复制或模仿，这就

正如用钢琴弹不出二胡的效果，用古筝奏不出黑管的效果一样。但是，原作的内在旋律是可以模仿的，只是音色变了。原作的诗性是可以换个形式营造的，这就是利用汉语本身的语言特点营造出大略类似的语言艺术审美效果。

由于换了另外一种语言媒介，原作的语音美设计大多已经不能照搬、复制，甚至模拟了，那么我们就只好断然舍弃掉原作的许多语音美设计，而代之以译入语自身的语言艺术结构产生的语音美艺术设计。当然，原作的某些语音美设计还是可以尝试模拟保留的，但在通常的情况下，大多数的语音美已经不可能传输或复制了。

利用汉语本身的语音审美特点来营造莎士比亚诗歌的汉译语音审美效果，是莎士比亚作品翻译的一个有效途径。机械照搬原作的语音审美模式多半会失败，并且在大多数的场合下也没有必要。

具体说来，这就涉及翻译莎士比亚戏剧作品时该如何处理：1）节奏；2）韵律；3）措辞。笔者主张，在这三个方面，我们都可以适当借鉴利用中国古代词曲体的某些因素。戏剧剧文中的诗行一般都不宜多用单调的律诗和绝句体式。元明戏剧为什么没有采用前此盛行的五言或七言诗行而采用了长短错杂、众体皆备的词曲体？这是一种艺术形式发展的必然。元明曲体由于要更好更灵活地满足抒情、叙事、论理等诸多需要，故借用发展了词的形式，但不是纯粹的词，而是融入了民间语汇。词这种形式涵盖了一言、二言、三言、四言、五言、六言、七言、八言……乃至十多言的长短句式，因此利于表达变化莫测的情、事、理。从这个意义上看，莎士比亚剧文语言单位的参差不齐状态与中文词曲体句式的参差不齐状态正好有某种相互呼应的效果。

也许有人说，莎士比亚的剧文虽然是格律诗，但并不怎么押韵，因此汉诗翻译也就不必押韵。这个说法也有一定道理，但是道理并不充实。

首先，我们应该明白，既然莎士比亚的剧文是诗体，人们读到现今的散体译文或不押韵的分行译文却难以感受到其应有的诗歌风味，原因即在于其音乐性太弱。如果人们能够照搬莎士比亚素体诗所惯常用的音步效果及由此引起的措辞特点，当然更好。但事实上，原作的节奏效果是印欧语系语言本身的效果，换了一种语言，其效果就大多不能搬用了，所以我们只好利用汉语本身的优势来创造新的音乐美。这种音乐美很难说是原作的音乐美，但是它毕竟能够满足一点：即诗体剧文应该具有诗歌应有的音乐美这个起码要求。而汉译的押韵可以强化这种音乐美。

　　其次，莎士比亚的剧文不押韵是由诸多因素造成的。第一，属于印欧语系语言的英语在押韵方面存在先天的多音节不规则形式缺陷，导致押韵词汇范围相对较窄。所以对于英国诗人来说，很苦于押韵难工；莎士比亚的许多押韵体诗，例如十四行诗，在押韵方面都不很工整。其次，莎士比亚的剧文虽不押韵，却在节奏方面十分考究，这就弥补了音韵方面的不足。第三，莎士比亚的剧文几乎绝大多数是诗行，对于剧作者来说，每部长达两三千行的诗行行都要押韵，这是一个极大的挑战，很难完成。而一旦改用素体，剧作者便会轻松得多。但是，以上几点对于汉语译本则不是一个问题。汉语的词汇及语音构成方式决定了它天生就是一种有利于押韵的艺术性语言。汉语存在大量同韵字，押韵是一件很容易的事情。汉语的语音音调变化也比莎士比亚使用的英语的音调变化空间大一倍以上。汉语音调至少有四种（加上轻重变化可达六至八种），而英语的音调主要局限于轻重语调两种，所以存在于印欧语系文字诗歌中的频频押韵有时会产生的单调感，在汉语中会在很大程度上由于语调的多变而得到缓解。故汉语戏剧剧文在押韵方面有很大的潜在优势空间，实际上元明戏剧剧文频频押韵就是证明。

　　第三，莎士比亚的剧文虽然很多不押韵，但却具极强的节奏感。他惯用的格律多半是抑扬格五音步（iambic pentameter）诗行。如果我们在节奏方面难以传达原作的音美，或者可以通过韵律的音美来弥补节奏美的丧失，这种翻译对策谓之堤内损失堤外补，亦谓失之东隅，收之桑榆。我们的语言在某方面有缺陷，可以通过另一方面的优点来弥补。当然，笔者主张在一定程度上借鉴利用传统词曲的风味，却并不主张使用宋词、元曲式的严谨格律，而只是追求一种过分散文化和过分格律化之间的妥协状态。有韵但是不严格，要适当注意平仄，但不过多追求平仄效果及诗行的整齐与否；不必有太固定的建行形式，只是根据诗歌本身的内容和情绪赋予适当的节奏与韵式。在措辞上则保持与白话有一段距离，但是绝非佶屈聱牙的文言，而是趋近典雅、但普通读者也能读懂的语言。

最后，根据翻译标准多元互补论原理，由于莎士比亚作品在内容、形式及审美效应方面具有多样性，因此，只用一种类乎纯诗体译法来翻译所有的莎士比亚剧文，也是不完美的，因为单一的做法也许无形中堵塞了其他有益的审美趣味通道。因此，这套译本的译风虽然整体上强调诗化、诗味，但是在营造诗味的途径和程度上不是单一的。我们允许诗体译风的灵活性和创新性。多译者译法实际上也是在探索诗体译法的诸多可能性，这为我们将来进一步改进这套译本铺垫了一条较宽的道路。因此，译文从严格押韵、半押韵到不押韵的各个程度，译本都有涉猎。但是，无论是否押韵，其节奏和措辞应该总是富于诗意，这个要求则是统一的。这是我们对皇家版《莎士比亚全集》译本的语言和风格要求。不能说我们能完全达到这个目标，但我们是往这个方向努力的。正是这样的努力，使这套译本与前此译本有很大的差异，在一定的意义上来说，标志着中国莎士比亚著作翻译的一次大转折。

翻译突破：还原莎士比亚作品禁忌区域

另有一个课题是中国学者从前讨论得比较少的禁忌领域，即莎士比亚著作中的性描写现象。

　　许多西方学者认为，莎士比亚酷爱色情字眼，他的著作渗透着性描写、性暗示。只要有机会，他就总会在字里行间，用上与性相联系的双关语。西方人很早就搜罗莎士比亚著作的此类用语，编纂了莎士比亚淫秽用语词典。这类词典还不止一种。1995 年，我又看到弗朗基·鲁宾斯坦（Frankie Rubinstein）等编纂了《莎士比亚性双关语释义词典》（*A Dictionary of Shakespeare's Sexual Puns and Their Significance*），厚达 372 页。

　　赤裸裸的性描写或过多的淫秽用语在传统中国文学作品中是受到非议的，尽管有《金瓶梅》这样被判为淫秽作品的文学现象，但是中国传统的主流舆论还是抑制这类作品的。莎士比亚的作品固然不是通常意义上的淫秽作品，但是它的大量实际用语确实有很强的色情味。这个极鲜明的特点恰恰被前此的所有汉译本故意掩盖或在无意中抹杀掉。莎士比亚的所有汉译者，尤其是像朱生豪先生这样的译者，显然不愿意中国读者看到莎士比亚的文笔有非常泼辣的大量使用性相关脏话的特点。这个特点多半都被巧妙地漏译或改译。于是出现一种怪现象，莎士比亚著作中有些大段的篇章变成汉语后，尽管读起来是通顺的，读者对这些话语却往往感到莫名其妙。以《罗密欧与朱丽叶》第一幕第一场前面的 30 行台词为例，这是凯普莱特家两个仆人山普孙与葛莱古里之间的淫秽对话。但是，读者阅读过去的汉译本时，很难看到他们是在说淫秽的脏话，甚至会认为这些对话只是仆人之间的胡话，没有什么意义。

　　不过，前此的译本对这类用语和描写的态度也并不完全一样，而是依据年代距离在逐步改变。朱生豪先生的译本对这些东西删除改动得最多，梁实秋先生已经有所保留，但还是有节制。方平先生等的译本保留得更多一些，但仍然持有相当的保留态度。此外，从英语的不同版本看，有的版本注释得明白，有的版本故意模糊，有的版本注释者自己也没有弄懂这些双关语，那就更别说中国译者了。

在这一点上，我们目前使用的皇家版《莎士比亚全集》是做得最好的。

那么，我们该怎样来翻译莎士比亚的这种用语呢？是迫于传统中国道德取向的习惯巧妙地回避，还是尽可能忠实地传达莎士比亚的本真用意？我们认为，前此的译本依据各自所处时代的中国人道德价值的接受状态，采用了相应的翻译对策，出现了某种程度的曲译，这是可以理解的，是特定历史条件下的产物。但是，历史在前进，中国人的道德观已经有了很大的改变，尤其是在性禁忌领域。说实话，无论我们怎样真实地还原莎士比亚著作中的性双关描写，比起当代文学作品中有时无所忌讳的淫秽描写来，莎士比亚还真是有小巫见大巫的感觉。换句话说，目前中国人在这方面的外来道德价值接受状态，已经完全可以接受莎士比亚著作中的性双关用语了。因此，我们的做法是尽可能真实还原莎士比亚性相关用语的现象。在通常的情况下，如果直译不能实现这种现象的传输，我们就采用注释。可以说，在这方面，目前这个版本是所有莎士比亚汉译本中做得最超前的。

译法示例

莎士比亚作品的文字具有多种风格，早期的、中期的和晚期的语言风格有明显区别，悲剧、喜剧、历史剧、十四行诗的语言风格也有区别。甚至同样是悲剧或喜剧，莎士比亚的语言风格往往也会很不相同。比如同样是属于悲剧，《罗密欧与朱丽叶》剧文中就常常有押韵的段落，而大悲剧《李尔王》却很少押韵；同样是喜剧，《威尼斯商人》是格律素体诗，而《快乐的温莎巧妇》却大多是散文体。

与此现象相应，我们的翻译当然也就有多种风格。虽然不完全一一对应，但我们有意避免将莎士比亚著作翻译成千篇一律的一种文体。从这个意义上说，皇家版《莎士比亚全集》汉译本在某些方面采用了全新的译法。这种全新译法不是孤立的一种译法，而是力求展示多种翻译风格、多种审美尝试。多样化为我们将来精益求精提供了相对更多的选择。如果现在固定为一种单一的风格，那么将来要想有新的突破，就困难了。概括说来，我们的多种翻译风格主要包括：1) 有韵体诗词曲风味译法；2) 有韵体现代文白融合译法；3) 无韵体白话诗译法。下面依次选出若干相应风格的译例，供读者和有关方面品鉴。

一、有韵体诗词曲风味译法

有韵体诗词曲风味译法注意使用一些传统诗词曲中诗味比较浓郁的词汇，同时注意遣词不偏僻，节奏比较明快，音韵也比较和谐。但是，它们并不是严格意义上的传统诗词曲，只是带点诗词曲的风味而已。例如：

女巫甲	何时我等再相逢？
	闪电雷鸣急雨中？
女巫乙	待到硝烟烽火静，
	沙场成败见雌雄。
女巫丙	残阳犹挂在西空。 （《麦克白》第一幕第一场）

小丑甲	当时年少爱风流，
	有滋有味有甜头；
	行乐哪管韶华逝，
	天下柔情最销愁。 （《哈姆莱特》第五幕第一场）

朱丽叶　天未曙，罗郎，何苦别意匆忙？
　　　　鸟音啼，声声亮，惊骇罗郎心房。
　　　　休听作破晓云雀歌，只是夜莺唱，
　　　　石榴树间，夜夜有它设歌场。
　　　　信我，罗郎，端的只是夜莺轻唱。

罗密欧　不，是云雀报晓，不是莺歌，
　　　　看东方，无情朝阳，暗洒霞光，
　　　　流云万朵，镶嵌银带飘如浪。
　　　　星斗如烛，恰似残灯剩微芒，
　　　　欢乐白昼，悄然驻步雾嶂群岗。
　　　　奈何，我去也则生，留也必亡。

朱丽叶　听我言，天际微芒非破晓霞光，
　　　　只是金乌，吐射流星当空亮，
　　　　似明炬，今夜为郎，朗照边邦，
　　　　何愁它曼托瓦路，漫远悠长。
　　　　且稍待，正无须行色皇皇仓仓。

罗密欧　纵身陷人手，蒙斧钺加诛于刑场；
　　　　只要这勾留遂你愿，我欣然承当。
　　　　让我说，那天际灰朦，非黎明醒眼，
　　　　乃月神眉宇，幽幽映现，淡淡辉光；
　　　　那歌鸣亦非云雀之讴，哪怕它
　　　　嚣然振动于头上空冥，嘹亮高亢。
　　　　我巴不得栖身此地，永不他往。
　　　　来吧，死亡！倘朱丽叶愿遂此望。
　　　　如何，心肝？畅谈吧，趁夜色迷茫。

　　　　　　　　　　（《罗密欧与朱丽叶》第三幕第五场）

二、有韵体现代文白融合译法

有韵体现代文白融合译法的特点是：基本押韵，措辞上白话与文言尽量能够水乳交融；充分利用诗歌的现代节奏感，俾便能够念起来朗朗上口。例如：

哈姆莱特 死，还是生？这才是问题根本：

莫道是苦海无涯，但操戈奋进，

终赢得一片清平；或默对逆运，

忍受它箭石交攻，敢问，

两番选择，何为上乘？

死灭，睡也，倘借得长眠

可治心伤，愈千万肉身苦痛痕，

则岂非美境，人所追寻？死，睡也，

睡中或有梦魇生，唉，症结在此；

倘能撒手这碌碌凡尘，长入死梦，

又谁知梦境何形？念及此忧，

不由人踌躇难定：这满腹疑情

竟使人苟延年命，忍对苦难平生。

假如借短刀一柄，即可解脱身心，

谁甘愿受人世的鞭挞与讥评，

强权者的威压，傲慢者的骄横，

失恋的痛楚，法律的耽延，

官吏的暴虐，甚或默受小人

对贤德者肆意拳脚加身？

谁又愿肩负这如许重担，

流汗、呻吟，疲于奔命，

倘非对死后的处境心存疑云，

惧那未经发现的国土从古至今
无孤旅归来，意志的迷惘
使我辈宁愿忍受现世的忧闷，
而不敢飞身投向未知的苦境？
前瞻后顾使我们全成懦夫，
于是，本色天然的决断决行，
罩上了一层思想的惨淡余阴，
只可惜诸多待举的宏图大业，
竟因此如逝水忽然转向而行，
失掉行动的名分。　　　　（《哈姆莱特》第三幕第一场）

麦克白　　若做了便是了，则快了便是好。
若暗下毒手却能横超果报，
割人首级却赢得绝世功高，
则一击得手便大功告成，
千了百了，那么此际此宵，
身处时间之海的沙滩、岸畔，
何管它来世风险逍遥。但这种事，
现世永远有裁判的公道：
教人杀戮之策者，必受杀戮之报；
给别人下毒者，自有公平正义之手
让下毒者自食盘中毒肴。　　（《麦克白》第一幕第七场）

损神，耗精，愧煞了浪子风流，
都只为纵欲眠花卧柳，
阴谋，好杀，赌假咒，坏事做到头；

心毒手狠，野蛮粗暴，背信弃义不知羞。

才尝得云雨乐，转眼意趣休。

舍命追求，一到手，没来由

便厌腻个透。呀恰，恰像是钓钩，

但吞香饵，管教你六神无主不自由。

求时疯狂，得时也疯狂，

曾有，现有，还想有，要玩总玩不够。

适才是甜头，转瞬成苦头。

求欢同枕前，梦破云雨后。

唉，普天下谁不知这般儿歹症候，

却避不得便往这通阴曹的天堂路儿上走！

（十四行诗第一百二十九首）

三、无韵体白话诗译法

无韵体白话诗译法的特点是：虽然不押韵，但是译文有很明显的和谐节奏，措辞畅达，有诗味，明显不是普通的口语。例如：

贡妮芮　父亲，我爱您非语言所能表达；

胜过自己的眼睛、天地、自由；

超乎世上的财富或珍宝；犹如

德貌双全、康强、荣誉的生命。

子女献爱，父亲见爱，至多如此；

这种爱使言语贫乏，谈吐空虚：

超过这一切的比拟——我爱您。（《李尔王》第一幕第一场）

李尔　国王要跟康沃尔说话，慈爱的父亲

要跟他女儿说话，命令、等候他们服侍。

这话通禀他们了吗？我的气血都飙起来了！
火爆？火爆公爵？去告诉那烈性公爵——
不，还是别急：也许他是真不舒服。
人病了，常会疏忽健康时应尽的
责任。身子受折磨，
逼着头脑跟它受苦，
人就不由自主了。我要忍耐，
不再顺着我过度的轻率任性，
把难受病人偶然的发作，错认是
健康人的行为。我的王权废掉算了！
为什么要他坐在这里？这种行为
使我相信公爵夫妇不来见我
是伎俩。把我的仆人放出来。
去跟公爵夫妇讲，我要跟他们说话，
现在就要。叫他们出来听我说，
不然我要在他们房门前打起鼓来，
不让他们好睡。　　　　　（《李尔王》第二幕第二场）

奥瑟罗　诸位德高望重的大人，
　　　　　我崇敬无比的主子，
　　　　　我带走了这位元老的女儿，
　　　　　这是真的；真的，我和她结了婚，说到底，
　　　　　这就是我最大的罪状，再也没有什么罪名
　　　　　可以加到我头上了。我虽然
　　　　　说话粗鲁，不会花言巧语，
　　　　　但是七年来我用尽了双臂之力，

直到九个月前，我一直
都在战场上拼死拼活，
所以对于这个世界，我只知道
冲锋向前，不敢退缩落后，
也不会用漂亮的字眼来掩饰
不漂亮的行为。不过，如果诸位愿意耐心听听，
我也可以把我没有化装掩盖的全部过程，
一五一十地摆到诸位面前，接受批判：
我绝没有用过什么迷魂汤药、魔法妖术，
还有什么歪门邪道——反正我得到他的女儿，
全用不着这一套。　　　　　　（《奥瑟罗》第一幕第三场）

目　录

《亨利六世》三联剧导言

　　《亨利五世》（*Henry V*）以致辞者宣读一段十四行诗形式的收场白而结束。这段收场白所预瞻的未来或多或少削弱了阿让库尔（一译阿金库尔）之战胜利所带来的喜悦。亨利五世这颗"英格兰之星"终将不寿。法兰西这个"人间最美的花园"，面对他的雄才大略俯首臣服，但不久便会杂草丛生。他褓褓中的儿子将被加冕为英格兰和法兰西国王。当时众多政敌把持国政，"丢了法兰西，血染英格兰，/ 这段历史常见于戏文之中。"莎士比亚以此来提醒观众，他的历史剧系列完整无缺：至此，从《理查二世》（*Richard II*）到《亨利五世》这一连串剧目同之前所写的四联剧（《亨利六世》上、中、下三篇和《理查三世》[*Richard III*]）衔接起来。在现代制作中，这些剧有时会集在一起，冠以《玫瑰战争》（*The Wars of the Roses*）或《金雀花王朝》（*The Plantagenets*）之类的标题，共同讲述英格兰自相残杀、"分崩离析"的故事。

　　在《亨利六世》上篇中，尽管塔尔博特勋爵骁勇善战，战绩卓著，但亨利五世对法兰西奇迹般的征服还是发生了逆转；与此同时，内战也开始在英国本土酝酿起来。在中篇里，与法兰西的战争因英王亨利六世迎娶安茹的玛格丽特而告一段落，但是这位软弱的国王无力阻止约克家族派系的反叛。在下篇的开头，王位继承权被迫让与约克公爵理查，但理查登基称王的美梦在约克郡的战场上戛然而止，让玛格丽特王后给他的生命画上了一个不光彩的句号；在余下的剧情中，理查诸子一直伺机替父报仇——而在诸子当中，当属格洛斯特公爵理查，也就是日后的理查三世，最不择手段，因此也最令人畏惧。

　　浪漫主义诗人兼莎士比亚评论家塞缪尔·泰勒·柯尔律治（Samuel Taylor Coleridge，一译柯勒律治）对这部血腥的三联剧评价不高。他在论及上篇开头几行时说："这段话断无可能出自莎士比亚手笔，如果您觉察不出来的话，那我就只能冒昧地说，您也许长了两只耳朵——因为别的动物都有两只耳朵——但您绝不可能有任何欣赏能力。"对他自己那敏锐的诗歌鉴赏能力而言，这段诗的韵律节奏粗糙拙劣，甚至远在莎士比亚最早期的作品之下。柯尔律治讲授莎士比亚课程是在埃德蒙·马隆（Edmond Malone）发表那篇博学的《论亨利六世三联剧——试证此三剧并非莎士比亚之原创》（*Dissertation on the Three Parts of King Henry VI, tending to show that these plays were not written originally by Shakespeare*）仅仅数年之后。自从莎士比亚在 18 世纪一路攀升至至尊文化偶像高位后，人们便一直倾向于认为任何不完美的作品——比方说《泰特斯·安德洛尼克斯》（*Titus Andronicus*）或《佩力克里斯》（*Pericles*）——肯定是某位水平稍逊的剧作家所著，要么，顶多莎士比亚只是对一部支离破碎的旧剧做了些修补而已，他是无须负原创者之责的。就《亨利六世》三联剧而言，中、下两篇存在早期版本——剧名分别为《约克和兰开斯特两大名门之争上篇与好公爵汉弗莱之死》（*The First Part of the Contention of the two Famous Houses of York and Lancaster with the Death of the Good Duke Humphrey*，出版于 1594 年）和《约克公爵理查的真实悲剧与好国王亨利六世之死及约克和兰开斯特两大家族之争本末》（*The True Tragedy of Richard Duke of York and the Death of Good King Henry the Sixth, with the Whole Contention between the two houses Lancaster and York*，出版于 1595 年），这似乎支持后一种说法。马隆及其后继者主张这些剧为原作，出自另一剧作家（很可能是所谓的"大学才子派"[university wits] 中的一位，罗伯特·格林 [Robert Greene] 或乔治·皮尔 [George Peele]）之手，而莎士比亚只是做了校订工作。至于《亨利六世》上篇，马隆基本否定了其出自莎士比亚之手的可能性。尽管他有对文本的学术研究作为依据，但其论点还是出于对这些剧中韵文风格吹毛求疵的反感，即，使得"意思在每一行末均无一例外地完结或停顿"的"庄严进行曲"风格。

近些年来，有学者指出《之争上篇》和《约克公爵理查》事实上是莎士比亚作品的原文，尽管誊写得很糟糕。剧名中的"上篇"和"之争本末"强烈暗示，我们现在称为《亨利六世》中篇和下篇的两剧原本就是一部作品的两部分。这两部剧很有可能制作于 16 世纪 90 年代早期，适值克里斯托弗·马洛（Christopher Marlowe）的巨制《帖木儿大帝》（*Tamburlaine the Great*）已经确立了一股二联剧风潮，其中充斥着战争、队列行进和高调诗行。

那么，我们现在称作《亨利六世》上篇的作品则略显不同。鉴于它似乎是于 1592 年首次公演——并且好评如潮，它很可能写于两部玫瑰战争剧（即现在所称的中篇和下篇）之后。或许，用现代电影业行话来说，它叫作"前传"，旨在借助一部票房大片的成功继续吸金。该剧不仅前后缺乏一致性，而且不同场景在资料来源上也不尽相同，这说明它有可能是不同作家合作的产物。曾与马洛合作过的托马斯·纳什（Thomas Nashe）被认为是主要贡献者，但可能有三位乃至四位作家参与了创作。莎士比亚可能不是塔尔博特／贞德那场戏的主要创作者，这一点能够解释被视为三联剧的这个系列剧中的某些前后矛盾之处。其中，中篇里的格洛斯特公爵汉弗莱是一个颇有政治家风范的形象，一个不输亡兄亨利五世的护国公，而在上篇中他的形象却比较粗陋；而且情节上也有不一致之处，交还安茹、曼恩两地是英王亨利六世迎娶安茹的玛格丽特的前提条件，这一条件在中篇里饱受诟病，而在上篇议婚过程中却并未遭到任何异议。

长久以来，确定文学作品著作者有一个传统做法，即文体检验——诗行阴性行尾[1]偏好、缩合词（them 与 'em）、语法功能词使用频率等。大规模文本数据库和处理这些数据的计算机程序得到应用之后，意味着此类检验日益精密可靠。若几个不同的检验得出相同结果，便可初步认为证据达到了概率的科学标准。21 世纪此类文体计量学[2]研究表明，可以确信中篇几乎全系莎士比亚手笔，而关于下篇仍有一些疑问，至于上篇，莎士比亚很有可能只写了其中几场戏。对于这些研究结果，也许唯一令人生疑的是，它们来得似乎太轻省了，竟和关于此三剧各自相对戏剧性的共识如此一致：中篇富有壮观绚丽的莎士比亚式活力和变化，且几乎每次上演都非常叫好；下篇有一些极有力的舌战戏份，但多有拖沓之处；上篇一般评价最差，但有两处例外：一是第二幕摘玫瑰那场戏，二是第四幕塔尔博特父子在战场上那段令人动容的对话，计算机检验认定这两场戏出自莎士比亚笔下。

剧中那些非莎士比亚风格的语言痕迹究竟是莎氏所校订的老剧本的残遗，还是不同剧作家积极合作的标志，这一点目前无法确定。我们也无从知晓此三剧在莎士比亚有生之年是否以三联剧的形式上演过。它们只是在他身后出版的 1623 年第一对开本中才被标为三联剧的，该对开本收集了莎士比亚的全部历史剧，并按照题材年代而非创作时间排定顺序。由于大反派格洛斯特的理查在中篇和下篇中出现，人们很容易把整组剧

---

1 阴性行尾：诗行末尾采用弱音节，即最后一个重音在倒数第二个音节上。

2 文体计量学（stylometrics）：用统计分析法分析一篇文章来确定其作者的一种学问。

目看作以《理查三世的悲剧》(*The Tragedy of Richard the Third*) 为大结局的四联剧。也许最好的做法是，一方面尝试单独看待这些剧——毕竟当初创作时就是要分开上演的，另一方面把它们当作莎士比亚所展现的英国历史全景图的一部分。

《理查三世》，这部约略于 1592 年到 1594 年之间首次搬上舞台的莎剧的确似乎标志着莎士比亚戏剧艺术的一个巨大飞跃。虽然"驼背理查"这个角色成就了众多伟大演员——从 18 世纪的大卫·加里克 (David Garrick) 到 19 世纪的埃德蒙·基恩 (Edmund Kean)，再到 20 世纪的安东尼·谢尔 (Antony Sher)，但《亨利六世》系列剧在英国（或任何其他地方的）舞台上并不怎么受欢迎。中篇和下篇在英国王政复辟时期和摄政时期之间上演过几次，但改编、删减甚多，直到近三百年之后这个系列剧才全面重新上演，而且即使在之前并不叫座的莎剧《爱的徒劳》(*Love's Labour's Lost*)、《泰特斯·安德洛尼克斯》等得以风行的 20 世纪，也都只有大约六次大型演出：20 世纪初 F. R. 本森 (F. R. Benson) 的演绎，二战后不久巴里·杰克逊爵士 (Sir Barry Jackson) 的演出，约翰·巴顿 (John Barton) 和彼得·霍尔 (Peter Hall)（改写并压缩成两部戏，取名《玫瑰战争》）20 世纪 60 年代初在埃文河畔斯特拉特福的演出，在之后数十年特里·汉兹 (Terry Hands) 和阿德里安·诺布尔 (Adrian Noble) 在斯特拉特福的演出（后者将四联剧缩减为三联剧，取名《金雀花王朝》），外加迈克尔·波格丹诺夫 (Michael Bogdanov) 20 世纪 80 年代带着强烈的反撒切尔政治目的为英国莎士比亚剧团所做的巡演，在这次巡演中他大胆尝试着现代服装演出所有历史剧。

然而在 21 世纪初，命运发生了逆转：迈克尔·博伊德 (Michael Boyd) 导演了一个备受称赞的完整版，题为《这个英格兰》(*This*

England），在埃文河畔斯特拉特福天鹅剧院温馨私密的空间上演，后来他担任皇家莎士比亚剧团艺术总监之后，又将这一制作搬上了更大的舞台。与此同时，爱德华·霍尔（Edward Hall）追随父亲彼得·霍尔，缩三为二，将其改编为一个动感十足的版本，背景设置在屠宰场，取名《玫瑰之怒》（*Rose Rage*）。在新的千年，宗教战争死灰复燃，国家以及国家认同的内涵莫测无常，在这样一个时期，莎士比亚对分崩离析的都铎政体根基所进行的探究显得格外有先见之明。

　　《亨利六世》三联剧展现了莎士比亚戏剧创作技能的迅速成长。诗歌风格和舞台动作是从大学才子们那儿学来的，素材则取自散文体的英格兰编年史。爱德华·霍尔的《兰开斯特和约克两大名门望族的联合》（*Union of the Two Noble and Illustrious Families of Lancaster and York*，1548 年）被压缩篇幅，以反映历史发展模式。情节上更注重个体在国家命运这部大戏中所扮演的角色，而非单个角色本身。莎士比亚非常乐于篡改某个角色的年龄甚或本性，使其服从于他整体创作构思的需要。妖魔化格洛斯特的理查便是最突出的一例。我们将成熟时期的莎士比亚与沉思——哈利王（King Harry）或哈姆莱特王子（Prince Hamlet）苦恼的独语——联系起来，而这些早期莎剧的驱动力便是情节。上篇在基本构架之上运用了一系列变化：戏剧情节先于解释说明，然后一场戏会以警句式的重演结束；每一场戏的呈现方式都可以使不同角色的观点得以强调，或既有角色的新侧面得以展现。比方说，塔尔博特在奥弗涅伯爵夫人的城堡中的那场戏，凸显了一个之前被视为英勇楷模的男人谦恭有礼、谨慎稳健的一面。这也与之后萨福克和玛格丽特两者的敌对形成了鲜明对比：塔尔博特身上散发着亨利五世和英格兰征服法兰西时期的遗风，而萨福克则预示着国家分崩离析和玫瑰战争的到来。

　　莎士比亚在中篇里运用了一种后来在《李尔王》（*King Lear*）、《雅典的泰门》（*Timon of Athens*）等悲剧作品中得到沿用的结构模式：剧中男主角格洛斯特公爵汉弗莱，随着恶毒的敌人的司法构陷渐渐得势而日益陷入孤立无援的境地。但由于剧中主题是国家，而非个体英雄，汉弗莱在第三幕便遇害身亡，而剩余部分的主题则转为起义（第四幕杰克·凯德领导的无产阶级起义）和篡位图谋（约克公爵向伦敦发起的更具危险性的进军）。下篇在一片混乱中开场，前两幕均以战争结束（第一幕为韦克菲尔德之战，第二幕为陶顿之战），接着剧情在不安的平衡中展开，两位国王并立，他们各自对王权的声索在一系列令人眼花缭乱的冲突、和谈和倒戈变节之后才得以解决。

与平衡的场景结构并行的是形式修辞风格。该三联剧所呈现的世界的形式性也明显体现在戏剧舞台造型上。最能反映玫瑰战争内乱性质的莫过于下篇第二幕第五场中那一成对上场的场景：一个弑父的儿子自一侧台门登场，须臾一个杀子的父亲自另一侧台门亮相。二人登台猛然打断了英王亨利的沉思——他只想过平静的生活，宁愿做牧羊人也不愿做国王。这位孱弱而又虔诚的国王的愿望在第三幕第一场他再次出场时的舞台提示中得到了直观呈现："（亨利）国王乔装手持一祈祷书上。"他只有通过隐遁和乔装打扮才能实现成为神职人员的愿望。而即便如此，他的安宁生活也是转瞬即逝，因为两个猎场看守员无意中听到了他的独白，将他逮捕后交由篡位的英王爱德华关押。相比之下，当格洛斯特的理查在下一出剧中成为英王理查时，祈祷书本身则成了一种乔装形式。

无论该三联剧到底出自何人笔下，使其所以成为三联剧的统一主题是两种世界格局的互相斗争。对立双方不能和谐共处，于是混战上演。在上篇中，这种对立具体表现为法兰西对英格兰，贞德对塔尔博特，奇幻思维对理性思维，女性对男性，以及未点明的天主徒对新教徒。历史上的塔尔博特是天主徒，但对16世纪90年代早期的观众来说，他直言不讳的英国风范及其在欧洲大陆的英雄事迹不免让人想起一些勇武的战士，如 16 世纪 80 年代在西属荷兰的宗教战争中跟随莱斯特伯爵罗伯特·达德利（Robert Dudley）作战的菲利普·锡德尼爵士（Sir Philip Sidney）。另一方面，贞德是反天主教宣传中一个非常熟悉的形象：一个背负婊子恶名的处女（pucelle 意为"处女"，而 puzzel 则暗指"妓女"），一个被歪曲为恶魔召唤者的圣徒烈士，一个被暗示神奇受孕而同天主教圣母马利亚崇拜联系起来的人物。

中篇的辩证之处在于安排正直忠诚的老格洛斯特公爵汉弗莱和虔诚向神的年轻国王亨利六世对阵诡计多端的金雀花派系。约克公爵理查的脑筋"比结网的蜘蛛还忙碌"，"织着精致的罗网以诱捕"他的敌人；他的儿子理查，日后的格洛斯特公爵和最终的英王理查三世，则会将这种语言及其父亲的老谋深算进一步发展到令人恐怖的地步。剧中许多角色在约克和兰开斯特两大家族之间朝秦暮楚，于是观众的恻隐之心也随着快速发展的情节而反复不定：中篇里权欲熏心的约克公爵在下篇里成了一个令人同情的形象，因为他在被刺死之前的最后时刻还被迫戴上了一顶纸糊的王冠。

莎士比亚并未透露自己支持哪一方，但他清楚历史发展的方向。就这一点而言，一个关键性事件便是中篇里辛普考克斯伪造神迹一事：亨利王上当受骗，那是其轻信的表现，而格洛斯特公爵汉弗莱则以驱魔人那种怀疑的口吻发出质问——与驱魔人相对应的同时代形象应当是追捕秘密天主徒的人。事实上，这场戏并非源自爱德华·霍尔的亲都铎王朝编年史，而是约翰·福克斯（John Foxe）的反天主教殉道者传。其他一些"中世纪"元素，即隐含的天主教元素，也遭到破坏：格洛斯特公爵夫人对巫术的执迷、铠甲匠霍纳同其学徒彼得之间的决斗裁判法均事与愿违。

新教反对圣徒和枢机等级制度，以人民的语言信奉《圣经》，它与宗教信仰民主化有关。中篇是三联剧当中稍涉大众心声的一篇（因此散体所占比例甚高，这在上篇和下篇中是完全见不到的），但不可因此认为中篇公开支持现代的民主观念。杰克·凯德在舞台上是一个非常讨人喜欢的角色，因为他和观众席上的普通老百姓说的是同一种语言；他的插科打诨给观众提供了暂别贵族阶级冠冕堂皇的花言巧语和卑鄙无耻的阴谋诡计而稍得喘息的良机，例如"我们要做的第一件事儿，就是把律师统统杀光"这样的台词在每个时代都能引起观众拍手大笑。但莎士比亚是靠他父亲所不具备的识字水平谋生的，因此很难说他会认可一个下令以会读书识字为罪名而绞死村中堂区教士的角色。而且凯德对未来英格兰的构想也是完全自相矛盾：

凯德　所以，胆子要放大些，你们带头儿的胆子就很大，发誓要进行
　　　改革。往后在英格兰卖三个半便士的面包只卖一个便士，三道箍
　　　的酒壶一律改成十道箍的，我要把喝淡啤酒的人宣判为大逆不
　　　道。所有的国土都为公众共有公用，我的坐骑要牵到齐普塞街
　　　去放青；等我称了王，我肯定能称王——

众　　上帝保佑陛下！

　　这是一个具有两面性的"改革"：廉价面包、不掺水啤酒和土地公有听起来像是乌托邦，但凯德并非真的想要建立代议制政府。他想自己称王。莎士比亚在二十年后所著的《暴风雨》（The Tempest）中对侍臣贡柴罗（Gonzalo）的"共和国"理想故技重演："没有至高无上的君权——/但他想在这个岛上称王。"如果莎士比亚有一个伊甸园，那不会是一个尚未产生阶级差别、旧谣"亚当耕田夏娃织布时/哪有什么淑女和绅士？"所描绘的所在，而是一个英国绅士的田庄，一处遭凯德擅自闯入的清静幽居：肯特郡亚历山大·艾登的花园。

　　《亨利六世》三联剧有一个根本特质。戏剧的基础在于"对驳"（agon，希腊语词汇，意为"斗争"或"竞争"）。亚里士多德认为，自从有一个演员从歌队中分离出来开始与歌队其他成员对话，悲剧便诞生了。之后又分离出一个演员，于是对抗的机会进一步增加——第一个演员名曰"第一演员"（protagonist），第二个演员名曰"第二演员"（deuteragonist）。在历史悲剧的戏剧表现中，对话始终是一种"对驳"形式，会迅速升级为剧烈的情感（agony，"巨大的精神痛苦"），然后又升级为肢体暴力。莎士比亚以其高度自觉的戏剧艺术，始终能敏锐地洞察到戏剧表现中共存的数种"对驳"：在演员与其所饰角色之间（竭力演好一个角色），在演员与观众之间（竭力吸引注意力，让一群旁观者唏嘘惊诧），在每一个角色的内心（彼此冲突的欲望和责任的斗争），也在身处对话和舞台布置之中的不同角色之间。

　　战争顺理成章地成为对抗性世界的顶点：《亨利六世》三联剧以战争开篇，也以战争结尾。冲突逐渐加剧升级，尤其是下篇刻画了社会全面崩塌。该剧具有希腊悲剧摧肝裂胆、残酷无情的特点，人们的生死取决于一套复仇准则，父亲犯下的罪孽要由下一代来偿还，且语言在充满愤怒、痛苦、咒骂和连珠炮式短句交锋的原歌剧式华丽咏叹调之间不停转换，兰开斯特家族和约克家族——不论男女老少，为一己私利还是追求正义，赢家还是输家——之间无情的冲突于是被剥露得一览无余。在这个世界中，言语就是武器，不过间或也传递希望，正如英王亨利六世把双手搭在年幼的亨利·里士满的头上说：

　　　　过来，英格兰的希望。若冥冥中的力量
　　　　在我卜卦时的预示中不存在半点欺诳，
　　　　这位翩翩少年必将为我们国家带来吉祥。

> 他仪表堂堂，充满了慈祥威严之象，
> 他的脑袋天生就是佩戴王冠的形状，
> 他生就一只执掌王杖的手，看这样，
> 总有一日他可能为王上的宝座增光。
> 好好培养他，众卿，我害苦了大家，
> 将来能给大家带来福气的必定是他。

此膏立之举期待着都铎王朝的建立，伊丽莎白女王（Queen Elizabeth）的祖父里士满成为亨利七世（Henry VII）。但正如这些剧里剧情貌似陷入停滞时似乎必定会出事那样，这时一个信差急急忙忙冲上场，报告敌方拥立的国王爱德华逃脱了。暴力随后踵至。在里士满取得博斯沃斯原野之战的最后胜利之前，英格兰必须忍受"驼背理查"黑暗血腥的统治，莎士比亚在下一部悲剧中将着重讲述这段历史。

参考资料：《亨利六世》中篇

作者： 第一对开本收录了该剧，这是推测作者为莎士比亚的一个根据，但文体计量学检验对此剧是否为莎士比亚一人所著提出了一些质疑。皮尔、格林和纳什都有可能参与了本剧创作。在这个问题上，学界尚未达成一致意见，而且这一问题与四开本文本的性质问题（见下）密切相关，但在《亨利六世》上、中、下三篇里，中篇最有可能为莎士比亚一人所写。

剧情： 尽管英格兰和法兰西之间刚刚实现和平，但英格兰朝廷内部纷争不断。萨福克对朝廷和新王后玛格丽特的影响力得到加强。为了实现除去格洛斯特公爵这一共同目标，派系林立的英格兰贵族们竟联合起来。格洛斯特公爵夫人埃莉诺觊觎王位，受被萨福克收买的神甫约翰·休姆的蛊惑，向一位女巫问卜个人野心。她被绳之以法，驱逐出境。格洛斯特公爵交出权柄，亨利得以亲政。萨默塞特公爵自法兰西归国，带回英格兰领地尽失的消息。约克公爵等人趁机把格洛斯特公爵牵连进丢失法兰西一事中，构陷以叛国罪。萨福克、玛格丽特、温切斯特和约克公爵商定谋害格洛斯特公爵。与此同时，爱尔兰爆发起义，萨福克派约克公爵前去应对危机。约克公爵煽动杰克·凯德———个假称有摩提默血统的布匹匠——在肯特发动起义，以进一步加剧动荡。格洛斯特公爵遇害身亡，国王将矛头直指萨福克，萨福克继而被驱逐，后遭杀害。枢机主教博福特（温切斯特）仅仅比他的宿敌多活了几个时辰。凯德的起义最终被镇压，但约克公爵回师争夺王位，得到了三个儿子爱德华、理查和乔治以及索尔兹伯里伯爵和沃里克伯爵的支持。双方操戈相向，亨利得到了玛格丽特、萨默塞特公爵、白金汉公爵和克利福德勋爵父子的支持。于是，兰开斯特家族和约克家族在圣奥尔本斯之战中首次开兵见仗。本剧以国王、王后溃逃，约克家族篡位在望结尾。

主要角色：（列有台词行数百分比 / 台词段数 / 上场次数）约克公爵理查·金雀花（12%/58/9），英王亨利六世（10%/82/11），格洛斯特公爵（10%/69/7），萨福克公爵（10%/67/7），玛格丽特王后（10%/61/9），杰克·凯德（8%/61/6），沃里克伯爵（4%/32/8），枢机主教博福特（4%/31/6），埃莉诺（4%/21/5），索尔兹伯里伯爵（3%/17/8），白金汉公爵（2%/24/9），克利福德勋爵（2%/17/4），舰长（2%/11/1），塞伊勋爵（2%/13/2），亚历山大·艾登（2%/9/2），小克利福德（2%/4/2），狄克（1%/24/4）。

语体风格： 诗体约占 85%，散体约占 15%。

创作年代： 1591 年？毫无疑问，创作于现在称为下篇的那部剧之前，一句戏仿下篇台词的话出现在 1592 年 9 月登记出版的一本小册子里。几乎可以肯定，1592 年十分活跃的彭布罗克剧团（Pembroke's Men）将该剧和后一部戏作为一个二联剧演出。不能排除在莎士比亚之前存在一个版本，后来莎士比亚推出一个修订版的可能性。

取材来源：主要史料来源似乎为爱德华·霍尔的《兰开斯特和约克两大名门望族的联合》（1548 年），或该书经由理查德·格拉夫顿（Richard Grafton）删节并略有改动的版本（1569 年）；霍林谢德（Holinshed）的《编年史》（*Chronicles*）似乎也被借用过，但本剧中所体现的影响要逊于其他英国历史剧。格拉夫顿给霍尔的版本添加了辛普考克斯伪造神迹一事，但几乎可以肯定莎士比亚是在约翰·福克斯极具影响的新教殉道者传《虔行与丰碑》（*Actes and Monuments*，也许是其 1583 年增补版）中读到这一故事的。

文本：一个节缩本于 1594 年以四开本形式出版，题为《约克和兰开斯特两大名门之争上篇与好公爵汉弗莱之死；萨福克公爵遭驱逐及身死，高傲的枢机主教温切斯特的悲惨结局与杰克·凯德的著名起义；约克公爵首次要求王位》（*The First Part of the Contention betwixt the two famous Houses of Yorke and Lancaster, with the death of the good Duke Humphrey: And the banishment and death of the Duke of Suffolke, and the Tragicall end of the proud Cardinall of Winchester, with the notable Rebellion of Iacke Cade: And the Duke of Yorkes first claime vnto the Crowne*），1600 年重印，1619 年将作者标为莎士比亚并将剧名和后一部戏合并（《兰开斯特和约克两大名门之争本末》，*The Whole Contention betweene the two Famous Houses, Lancaster and Yorke*）。四开本文本是一个演出版本的复原本，但该文本究

竟是完整收录在第一对开本中的那个剧本记忆多有错漏的节缩本，还是后经莎士比亚修改后收录进第一对开本的一个早期版本的文本（非莎士比亚手笔？部分系莎士比亚手笔？），争议颇多。同样，第一对开本中或非莎士比亚风格的语言迹象究竟为一个旧版本的遗迹，还是主动合著的结果，这一问题也尚未得出定论。本书采用由两大权威赫明奇（Heminge）和康德尔（Condell）汇编的第一对开本中的文本：通常认为第一对开本与莎士比亚手稿相当接近，不过有时似乎有参考第三四开本的迹象。该四开本在演出布景的某些细节方面仍有宝贵价值，其较为突出的变动之处记录于文本考释中。

乔纳森·贝特（Jonathan Bate）

亨利六世（中）

兰开斯特家族一方

亨利六世国王

玛格丽特王后

格洛斯特公爵汉弗莱，护国公，亨
    利六世之叔父

埃莉诺，格洛斯特公爵夫人

枢机主教博福特，温切斯特主教，
    亨利六世之叔祖

萨默塞特公爵，枢机主教之侄

白金汉公爵，汉弗莱·斯塔福德

萨福克侯爵，后晋公爵，威
    廉·德拉波尔

老克利福德勋爵

小克利福德，老克利福德之子

约克家族一方

约克公爵理查·金雀花

爱德华，马奇伯爵，约克之子

理查（最终成为理查三世国王），
    约克之另一子

索尔兹伯里伯爵，理查·内维尔

沃里克伯爵，索尔兹伯里之子

施妖术

约翰·**休姆**，神甫

约翰·**索思韦尔**，神甫

玛格丽特·乔丹，女巫

罗杰·**博林布罗克**，巫师

旦撒，幽灵

请愿与格斗

托马斯·**霍纳**，铠甲匠

彼得·桑，铠甲匠之徒

请愿者甲

请愿者乙

邻居甲

邻居乙

邻居丙

学徒甲

学徒乙

伪造神迹

桑德·辛普考克斯

辛普考克斯之妻

圣奥尔本斯镇镇长

镇民

教区执事

埃莉诺公开忏悔

格洛斯特之家仆

约翰·斯坦利爵士

伦敦一郡长

传令官

格洛斯特遇害

刺客甲

刺客乙

萨福克遇害

海军上尉，舰长

该舰领航长

副领航长

沃尔特·惠特莫尔

凯德起义

乔治·贝维斯（疑为最初演员的名字，所饰角色为一无名平民）

约翰·霍兰德（疑为最初演员的名字，所饰角色为一无名平民）

杰克·凯德，亦称约翰

屠夫狄克

织工史密斯

以马内利，查塔姆村一堂区教士

汉弗莱·斯塔福德爵士

威廉，斯塔福德之弟

迈克尔

塞伊勋爵

信差

信差乙

斯凯尔斯勋爵

市民甲

兵士

亚历山大·艾登，肯特郡一候补骑士

沃克斯，一信差

众请愿者，仆人，家丁，圣奥尔本斯镇镇长之众僚属，圣奥尔本斯镇众镇民，格洛斯特之众家仆，郡长之众僚属，众侍从，众百姓，一锯木匠，马修·高夫，艾登之众仆，众兵士

第一幕

第一场 / 第一景

伦敦王宫

喇叭奏花腔，随后奏双簧管。国王亨利六世、格洛斯特的汉弗莱公爵、索尔兹伯里、沃里克与枢机主教博福特自一侧上。王后玛格丽特、萨福克、约克、萨默塞特与白金汉自另一侧上

萨福克 　　　微臣奉陛下之旨，

　　　　　　　去了一趟法兰西，

　　　　　　　作为陛下的代理，

　　　　　　　替陛下迎娶玛格丽特公主，

　　　　　　　在闻名遐迩的图尔[1]古城，

　　　　　　　当着法兰西和西西里两位国王，

　　　　　　　外加奥尔良、卡拉伯[2]、布列塔尼和阿朗松诸位公爵，

　　　　　　　以及七位伯爵、十二位男爵和二十位主教的面，

　　　　　　　微臣履行了使命，完了婚；

　　　　　　　现特来叩见王上和诸公大人，

　　　　　　　请受微臣屈膝一拜，

　　　　　　　兹将微臣从王后身上得到的名分

　　　　　　　交还到陛下手里，因为您，

1　图尔（Tours）：法国奥尔良西南一城市，位于谢尔河（River Cher）和卢瓦尔河（River Loire）交汇处。

2　卡拉伯（Calaber）：即卡拉布里亚（Calabria），意大利南部一大区。

才是微臣所代替的真身；

为臣能献上的最吉祥的礼物莫过于此，

为君能娶到的最美丽的王后莫过于斯。

亨利六世　萨福克，平身。欢迎，玛格丽特王后；

没有什么比这充满深情的一吻，

更能表达我的意切情真。主啊，你赐予了我生命，

就请再赐予我一颗满怀感激的心；

因为你赐给了我这样一位美人，

倘使我俩两情相悦，心心相印，

莫大的人间幸福将快慰我的灵魂。

玛格丽特王后　英格兰伟大的国王，我仁厚的夫君，

无论是白天黑夜，无论是清醒还是梦中，

无论是大庭广众之下还是暗自祈祷之时，

我跟你，我至爱的君主，都是心有灵犀，

正是因为有了这样的心灵相通，

才让我更加大胆，像这样，

喜不自禁，急不择言地

向我主敞开心扉，直抒胸臆。

亨利六世　她的芳容令我魂不守舍，而她优雅的谈吐，

还有她那睿智得体的措辞，

更是令我佩服得五体投地，喜泪欲滴；

我是如此心满意足。

诸位，请众口一声，欢迎我的心上人。

众　（跪地）万岁，玛格丽特王后，英格兰的福星！

玛格丽特王后　谢谢各位。（喇叭奏花腔。众人起）

萨福克	（对格洛斯特）护国公 [1] 大人，有劳阁下过目， 这是我们王上与法兰西国王查理 签订的和约条款， 有效期为十八个月。
格洛斯特	（念）"第一条：兹经法兰西国王查理与英格兰国王亨利 御前特使萨福克侯爵威廉·德拉波尔双方共同议定，上 文所述之亨利应迎娶那不勒斯、西西里及耶路撒冷国王 雷尼耶之女，玛格丽特公主为妻，并于本年五月三十日 之前加冕其为英格兰王后。 第二条：安茹公爵领地并曼恩伯爵领地应予让弃，交予 她的父王"——（让和约坠落）
亨利六世	叔父，怎么啦？
格洛斯特	恕我失礼，陛下， 我突然感到一阵恶心， 眼前发黑，念不下去了。
亨利六世	温切斯特叔祖，请你接着念。
枢机主教	（念）"第二条：经双方进一步议定，安茹与曼恩这两处 公爵领地应予让弃，交予她的父王；迎娶她的一应花销 费用均由英格兰国王自行负担，无须陪嫁任何妆奁。"
亨利六世	这些条款令朕心其悦。——（对萨福克）侯爵贤卿，跪下， （萨福克跪地）朕兹封你为第一任萨福克公爵， 并授予你这把佩剑。（萨福克起身）—— 约克爱卿， 朕兹解除你法兰西摄政 [2] 一职，

1 护国公（Protector）：新王尚幼而无法亲政时代掌国政者（亨利六世继位时还是一个婴儿）。
2 摄政（regent）：国王不在时代为理政者。

　　　　　　直到十八个月和约期满为止。

　　　　　　多谢，温切斯特叔祖，

　　　　　　格洛斯特，约克，白金汉，萨默塞特，

　　　　　　索尔兹伯里，还有沃里克，

　　　　　　朕多谢各位的这番盛情，

　　　　　　多谢你们对朕的王后这么殷勤。

　　　　　　来，咱们退朝，以最快的速度

　　　　　　去筹备她的加冕典礼。

　　　　　　　　国王亨利六世、王后玛格丽特与萨福克下。余人留台

格洛斯特　英格兰英勇的贵族，国家的柱石，

　　　　　　我汉弗莱公爵必须向诸位倾吐自己的痛苦，

　　　　　　你们的痛苦，举国上下共同的痛苦。

　　　　　　咳！我的王兄亨利 [1] 不是把自己的青春、

　　　　　　勇气、金钱和子民全都在战争上用尽？

　　　　　　为了征服名正言顺该他继承的法兰西，

　　　　　　无论冬日凛冽严寒还是夏日炎炎酷暑，

　　　　　　他不是常常风餐露宿？

　　　　　　家兄贝德福德不是殚精竭虑，

　　　　　　巧施手腕力保亨利开拓的疆土？

　　　　　　诸位自己，萨默塞特，白金汉，

　　　　　　骁勇的约克，索尔兹伯里，还有百战百胜的沃里克，

　　　　　　在法兰西和诺曼底不也留下了深深的伤疤？

　　　　　　我的叔父博福特和我自己，

　　　　　　不是也曾与全国所有的饱学之士一起，

　　　　　　不分朝夕地聚在枢密院的议事厅里，

1　亨利（Henry）：即亨利五世（Henry V）。

长时间地琢磨，颠来覆去地讨论

让法兰西和法兰西人慑服于我们的法子吗？

国王陛下不是犹在冲龄就不把敌人

放在眼里，而在巴黎登基加冕了吗？

这些辛苦和荣誉就这么葬送了吗？

亨利的征服，贝德福德的警戒，

诸位的战功，还有我等的出谋献策就这么断送了吗？

唉，英格兰的公卿大臣，这纸盟约丢人，

这桩联姻致命，毁掉你们一世英名，

将你们的名字从青史上一笔勾销，

将你们的丰功伟绩全部抹掉，

让征服法兰西的纪念碑蒙羞，

令一切前功尽弃，化为乌有！

枢机主教　　贤侄，你这一番慷慨激昂的陈词，

这样啰里巴唆一大堆漂亮话是什么意思？

法兰西嘛，是我们的；我们要一直保住。

格洛斯特　　对，叔父，我们要保住，若我们有能力；

可现在的问题是我们根本就保不住。

萨福克，这个新封的公爵大权在握，

已经将安茹和曼恩那两处公爵领地

拱手送给那个头衔响亮，囊中干瘪，

穷得叮当响的雷尼耶国王。

索尔兹伯里　　凭着为众生而受难的救世主，

这两块领地可是诺曼底的锁钥咽喉。——

可是沃里克，我勇敢的儿子，你为何哭泣？

沃里克　　因为这两地已收复无望而痛心。

因为要是还有再次收复两地的希望，

　　　　　　我的剑会挥洒热血，决不掉一滴眼泪。
　　　　　　安茹和曼恩！都是我亲手攻克的；
　　　　　　我用自己的双手打下的这两个地方。
　　　　　　还有我用累累伤口换来的座座城池，
　　　　　　凭着几句和气话就要拱手奉还了吗？
　　　　　　不得好死！

约克　　　　萨福克晋公爵，浸死[1]他才好，
　　　　　　真是有辱我们这骁勇岛国的荣耀！
　　　　　　除非法兰西把我的心掏出来撕碎，
　　　　　　否则休想叫我对这纸和约让步后退！
　　　　　　纵观历史，哪有大英国王娶妻
　　　　　　不获得大笔金钱和妆奁的先例？！
　　　　　　可我们的亨利王却赔上一大堆自己的东西，
　　　　　　去娶一个一毛不拔的女子。

格洛斯特　　更有甚者，还闹出一桩亘古未闻的大笑话：
　　　　　　萨福克狮子大开口，居然要把百分之十五的税收
　　　　　　全部拿去作为迎娶她的一应经费开支！
　　　　　　她还不如留在法兰西，饿死在法兰西，
　　　　　　省得……

枢机主教　　格洛斯特大人，你也太上火了吧；
　　　　　　这可是王上的旨意。

格洛斯特　　温切斯特大人，我知道你的心思。
　　　　　　你讨厌的不是我说的这番言语，
　　　　　　而是嫌我在这儿碍了你的事儿。

1　浸死：原文为 suffocate（窒息），与 Suffolk（萨福克）谐音双关。——原注；中文中难以找到对应的谐音词，故暂用"晋"、"浸"谐音，略资补偿。——译者附注

　　　　　　仇恨是藏不住的；傲慢的主教，从你脸上
　　　　　　我看到了你的愤怒。如果我再多待一会儿，
　　　　　　我们就会旧恨复燃，宿怨又起了。——
　　　　　　众位大人，告辞了；等着瞧吧，我走了以后，
　　　　　　想必用不了多久，法兰西就会丢。　　　格洛斯特下

枢机主教　　好，我们的护国公一怒而走。
　　　　　　诸位都清楚他是我的死对头；
　　　　　　不，也是大家的死对头，
　　　　　　恐怕也不是王上的什么好朋友。
　　　　　　诸位想想，他可是第二顺位继承人[1]，
　　　　　　英格兰王位的当然继承人；
　　　　　　倘若亨利因为婚姻而获得一个帝国，
　　　　　　外加所有的西方富庶之国[2]，
　　　　　　他理所当然会一肚子不高兴。
　　　　　　当心啊，诸位；别让他的花言巧语
　　　　　　迷了你们的心窍；千万要清醒仔细。
　　　　　　虽然平头百姓喜欢他，
　　　　　　称他"汉弗莱，格洛斯特的好公爵"，
　　　　　　而且鼓掌高呼：
　　　　　　"愿耶稣保佑公爵殿下！"
　　　　　　"上帝保佑好公爵汉弗莱！"
　　　　　　诸位，别看他看上去道貌岸然、讨人喜欢，
　　　　　　只怕这位护国公到头来会露出危险的嘴脸。

白金汉　　干吗还用得着他来护王摄政，

1　第二顺位继承人：亨利六世此时尚无嗣，而格洛斯特乃其叔父。
2　西方富庶之国：即西属美洲（此乃时代错误）。

　　　　　　　既然王上已经到了亲政的年龄？
　　　　　　　萨默塞特老弟，你我联合起来，
　　　　　　　大家一起，会同萨福克公爵，
　　　　　　　很快就能把汉弗莱公爵轰下台。

枢机主教　　　这桩大事，拖延不得；
　　　　　　　我这就去见萨福克公爵。　　　　　　枢机主教下

萨默塞特　　　白金汉老兄，汉弗莱高高在上、
　　　　　　　盛气凌人固然叫人痛恨，
　　　　　　　不过这个傲慢的枢机主教咱们也得留神；
　　　　　　　他目空一切的那股傲慢劲头，
　　　　　　　比全国其他王侯加起来还要令人不堪忍受。
　　　　　　　格洛斯特扳倒了，他就会成为护国公。

白金汉　　　萨默塞特，护国公非你我莫属，
　　　　　　　汉弗莱公爵和枢机主教都不足挂齿。

　　　　　　　　　　　　　　　　　白金汉与萨默塞特同下

索尔兹伯里　　骄傲 [1] 前面走，野心 [2] 随其后，
　　　　　　　这帮人千方百计谋取私利，
　　　　　　　我等则应为社稷殚精竭虑。
　　　　　　　格洛斯特公爵汉弗莱为人处世，
　　　　　　　我还从未见过何时不似谦谦君子；
　　　　　　　而那个趾高气扬的枢机主教，
　　　　　　　哪次见他有个教士的样子，倒更像个斗士，
　　　　　　　目空一切，不可一世，好似万物之主，
　　　　　　　出口成脏，简直一个地痞流氓，

1　骄傲：指枢机主教。
2　野心：指白金汉与萨默塞特。

哪有一个治国安邦之才的气象。

沃里克，我儿，你乃我暮年的慰藉，

你的功业，你的坦诚，还有你广结善缘，

已经赢得了百姓莫大的好感，

除了善良的汉弗莱公爵，谁都没有你受待见。

还有你，约克老弟[1]，你在爱尔兰的作为，

将那里的人调教得安分守己，

你最近受命代王统摄法兰西，

在法兰西腹地屡建勋绩，

已经获得了人民的敬惧。

我们携起手来吧，为了公众的利益，

全力以赴，去煞一煞

萨福克和那个枢机主教的傲气，

遏制萨默塞特和白金汉的野心；

而对于汉弗莱公爵的所作所为，

只要于国有利，能支持则支持。

沃里克	愿上帝助沃里克一臂之力，
	因为他热爱祖国及祖国的共同利益！
约克	这也是约克要说的话，——（旁白）因为他的理由[2]最充足。
索尔兹伯里	那咱们就赶紧下手，要紧事可不能慢吞。
沃里克	不能慢吞？父亲啊，曼恩已经失去！
	沃里克拼了血本才把曼恩收入囊中，
	只要一息尚存就会牢牢守住。

---

1 老弟：妹夫（约克娶了索尔兹伯里之妹塞西莉·内维尔 [Cecily Neville]）。

2 理由：即要求继承王位之类的理由。

您说的是勿失良机，父亲，我说的是勿失曼恩一地，¹

我拼死也要把它从法兰西人手中夺回来。

沃里克与索尔兹伯里下，约克留台

约克　安茹和曼恩拱手送给了法兰西人；

巴黎丢了，这些地方失陷，

诺曼底国也就危如累卵。

萨福克签订了这些条款，

贵族们同意，亨利也心甘情愿

用两个公国把一位公爵的美貌闺女去换。

我不能责怪他们：这对他们算得了什么？

他们送人的是你的东西，又不属于他们自己。

海盗可以把抢来的财物廉价出手，

收买狐朋狗友，赏给宠姬姘头，

还可以学老爷们花天酒地直至分文不留；

而可怜兮兮的物主

却只能痛哭流涕，束手无计，

不住地摇头，站在一旁战战兢兢，

眼睁睁看着自家东西被人瓜分一空，

干等着挨饿，自己的东西都不敢碰。

约克我也一样：眼见自己的土地在讨价还价声中

被卖掉，却只能干坐着苦恼，忍气吞声。

在我眼里，英格兰、法兰西和爱尔兰

1　那咱们就赶紧下手……勿失曼恩一地：原文中作者利用 main 与 Maine 谐音玩了一个文字游戏。索尔兹伯里口中的 main 源自掷骰子游戏，表示制胜的一掷，此处指把手头最紧要的事情处理好。沃里克口中的 main 则是尽"全"力之意。中文中难以找到对应的谐音词，故暂用"曼恩"、"慢吞"谐音略资补偿。——译者附注

这三块国土对于我而言，

就像阿尔泰娅烧掉的那块致命的木头

是卡吕冬王子的心头肉一般[1]。

安茹和曼恩双双拱手送给了法兰西人！

这消息真令我沮丧，因为就像英格兰的沃土一样，

法兰西原本有望落入我的手掌。

终有一日约克我要让自己的东西物归原主；

为此我决计站到内维尔父子[2]一边，

对傲慢的汉弗莱公爵摆出一副拥戴的姿态，

等到觅得良机，便要求得到王位，

因为那才是我希望命中的终极目标；

自负的兰开斯特[3]休想篡夺我的权利，

他那娃娃[4]的拳头不应执掌权杖，

他的头上也不配戴一顶金冕，

他那秃头僧般的性情[5]也不适合戴上王冠。

那么，约克，少安毋躁，静候时机，

别人呼呼大睡时，你可要保持警醒，

将国家的内幕刺探个一清二楚。

等到亨利与他那位新婚娘子，

英格兰高价买来的王后沉溺于云雨之乐，

1　希腊神话中，有预言称卡吕冬（Calydon）王子墨勒阿革洛斯（Meleager）只能活到炉子里的一根木柴烧完为止；其母阿尔泰娅（Althaea）赶紧将木柴从炉子里抽了出来，但若干年后因墨勒阿革洛斯杀死了她的两个兄弟，她一气之下又把这根木柴扔回了火中。

2　内维尔父子（the Nevilles）：即索尔兹伯里和沃里克。

3　兰开斯特（Lancaster）：即亨利六世。

4　娃娃：亨利六世登基时才九个月大。

5　秃头僧般的性情：一心向神的性情。

汉弗莱与王公大臣发生龃龉时，
我便高高举起乳白色的玫瑰，
让空气里弥漫着它的芳菲，
在我的战旗上绣上约克的族徽，
与兰开斯特家族一较长短；
我要动用武力逼迫他交出王冠，
他的书生统治已令大英没落不堪。　　　　　约克下

第二场　　／　　第二景

格洛斯特公爵府邸

格洛斯特的汉弗莱公爵与夫人埃莉诺上

埃莉诺　　　夫君，你为什么垂着个头，
　　　　　跟刻瑞斯¹手里熟透了的麦穗一般？
　　　　　伟大的汉弗莱公爵为何愁眉不展？
　　　　　像是看世间那荣华宠贵不顺眼。
　　　　　你为何两眼死死盯着阴沉沉的地面，
　　　　　盯着那好像要令你两眼发花的东西？
　　　　　你看到了什么？是不是国王亨利
　　　　　那顶镶满了世上所有荣誉的王冠？
　　　　　是的话，就接着盯，趴下去盯，

1　刻瑞斯（Ceres）：罗马神话中司掌农业和丰收的女神。

　　　　　　　　直盯到你的头上套上那顶王冠为止。
　　　　　　　　伸出你的手，去够那金灿灿的王冠。
　　　　　　　　什么，手太短？我用我的把它加长，
　　　　　　　　然后我们俩一起把它举起，
　　　　　　　　从今往后就可以昂首望天，
　　　　　　　　再也不用如此低三下四，
　　　　　　　　低着个头扫视地上一眼。

格洛斯特　　噢，内尔，亲爱的内尔，你若真爱你的夫君，
　　　　　　　　就把这野心的恶疮除掉。
　　　　　　　　我要是心怀不轨，对当今王上，
　　　　　　　　宅心仁厚的贤侄亨利起了歹意，
　　　　　　　　那就叫我马上气绝，不容于世。
　　　　　　　　都是昨夜的噩梦让我心情郁郁。

埃莉诺　　　夫君梦到了什么？说与我听听，
　　　　　　　　我也把我的晨梦[1]重温一遍给你听听。

格洛斯特　　我梦见这根官杖，我在朝中官阶的标志，
　　　　　　　　断成了两截；谁弄断的我记不得了，
　　　　　　　　不过，我觉得，那人是枢机主教；
　　　　　　　　而且在那根断杖的两截儿上面，
　　　　　　　　还放着两颗首级：一个是萨默塞特公爵埃德蒙，
　　　　　　　　一个是威廉·德拉波尔，首任萨福克公爵。
　　　　　　　　这就是我做的梦；主何吉凶，天知道。

埃莉诺　　　啧，这不能说明别的，只能说明
　　　　　　　　谁要是折了格洛斯特家树林一根树枝，
　　　　　　　　谁就会因为自己胆大妄为而掉脑瓜子。

1　晨梦：过去西方民间认为晨梦所梦为真。

　　　　　　且听我说，汉弗莱，我亲爱的公爵，
　　　　　　我梦见自己坐在西敏寺主教座堂
　　　　　　那张至高无上的宝座之上，
　　　　　　就是历代国王和王后加冕时坐的那张；
　　　　　　亨利和玛格丽特婆娘双双给我下跪，
　　　　　　并把王冠戴在了我的头上。

格洛斯特　　不，埃莉诺，这我就得痛骂你一顿：
　　　　　　放肆的婆娘，没教养的埃莉诺，
　　　　　　全国女人中你不是一人之下万人之上吗？
　　　　　　你不是护国公心爱的妻子吗？
　　　　　　世间的享乐你不是应有尽有，
　　　　　　都超乎你的想象了吗？
　　　　　　你还要蠢蠢欲动想谋逆，
　　　　　　让你的丈夫和你自己
　　　　　　声名狼藉，名誉扫地？
　　　　　　走开，别让我再听到一言半语！

埃莉诺　　哎哟哟，我的夫君！埃莉诺不过
　　　　　　说出自己的一个梦，你就这样大动肝火？
　　　　　　从今往后我做了梦再也不跟你说，
　　　　　　省得叫你数落。

格洛斯特　　好了，别生气；我已经消气了。
一信差上

信差　　　护国公大人，国王陛下有旨，
　　　　　　请您备马去圣奥尔本斯[1]一趟，
　　　　　　王上和王后欲上那儿放鹰行猎。

1　圣奥尔本斯（St Albans）：伦敦以北约 25 英里处一镇。

| 格洛斯特 | 我这就去。对了，内尔，你要不要与我们一同骑马前往？ |
| 埃莉诺 | 要，我的好夫君，我随后就来。 |

格洛斯特公爵汉弗莱与信差下

我必须跟在后面；格洛斯特这么低调恭谦，

我可不能一马当先走在前面。

我要是爷们、公爵和第二顺位继承人，

定会搬掉这些烦人的绊脚石，

在他们没了脑袋的脖子上踏出坦途。

虽身为女流，但我也会不甘人后，

要在命运的舞台上一显身手。——

（呼唤）你在哪里？约翰先生¹！嘿，别怕，伙计，

就咱俩；除了你跟我，没有别人在这里。

休姆上

休姆	耶稣保佑陛下！
埃莉诺	你说什么？"陛下"；我不过是殿下。
休姆	可凭着上帝的眷顾和休姆的妙计，
	殿下的尊号将连连升级。
埃莉诺	你说什么，伙计？你跟那个法术高明的女巫
	马格丽·乔丹，还有巫师
	罗杰·博林布罗克合计过了吗？
	他们愿意助我一臂之力吗？
休姆	他们已经答应让殿下瞧瞧这个：
	从阴曹地府招来一个幽魂，
	您想问他什么尽管发问，
	他都会一一作出回答。

1 先生（Sir）：对教士的传统称谓。

埃莉诺	行了；我要考虑考虑问些什么问题；
	到我们从圣奥尔本斯打道回府时，
	我们务必将这些事情办理完毕。
	（给他钱）给，休姆，这是赏钱，拿去，伙计，
	跟你共谋这件大事的伙伴好好乐乐去。　　　　埃莉诺下
休姆	休姆我定当用公爵夫人的钱去乐一乐；
	哼，不乐白不乐；可眼下呢，约翰·休姆先生？
	封上你的嘴，半个字也不说，
	做这种事情，就得保密静默。
	埃莉诺夫人拿出金子请巫婆，
	金子哪会不好使，就算请的是女魔。
	而我还有从别处飞来的横财，
	我不敢说是从阔绰的枢机主教
	和堂堂的新封的萨福克公爵那里飞来，
	可我觉得就是这样；明说了吧，
	他俩知道埃莉诺夫人野心很大，
	便雇我暗中加害这位公爵夫人，
	把这些招鬼把戏灌进她的脑瓜。
	常言道"高明的骗子用不着托儿"，
	而本人就是萨福克和枢机主教的托儿。
	休姆，你要不留点儿神，差点儿就要
	把他俩说成一对高明的骗子了。
	咳，事实就是这样嘛；所以，我担心
	休姆的无赖行径终会整垮公爵夫人，
	而她一旦被判谋逆汉弗莱势必倒台；
	管它结局如何我反正可以发一笔财。　　　　下

第三场 / 第三景

伦敦王宫

三四个请愿者上,铠甲匠的徒弟彼得乃其中之一

请愿者甲　　诸位,咱们站拢一点;护国公大人很快就会过来,那时
　　　　　　　我们就可以一齐呈上我们的请愿书。

请愿者乙　　咳,上帝护佑他吧,他是个好人,愿耶稣福佑他!

萨福克与王后玛格丽特上

请愿者甲　　他来了,我觉得是,而且王后和他在一起。我当然要第
　　　　　　　一个递上去。(他朝萨福克和王后迎了上去)

请愿者乙　　回来,笨蛋;这位是萨福克公爵,可不是咱护国公大人。

萨福克　　　怎么啦,伙计;有事找我吗?

请愿者甲　　请大人原谅小的不是;我把您当成护国公大人了。

玛格丽特王后　(念)"呈护国公大人!"——你的请愿书是给护国公大
　　　　　　　人的?让我看看;你的请愿书是什么内容?

请愿者甲　　启禀陛下,我的是要控告约翰·古德曼,枢机主教大人
　　　　　　　的手下,他霸占了我的房子、土地、老婆和所有一切。

萨福克　　　还有你老婆?这真是太不像话了。——
　　　　　　　(对请愿者乙)那你呢?这写的是什么?——
　　　　　　　(念请愿书)"状告萨福克公爵,他圈占了
　　　　　　　梅尔福德的公地。"——
　　　　　　　(对请愿者乙)这是什么意思,刁民先生?

请愿者乙　　哎呀,大人,小民不过是咱全镇一个可怜的请愿者。

彼得　　　　(递上自己的请愿书)我要告我师傅托马斯·霍纳,他说
　　　　　　　约克公爵是王位的合法继承人。

玛格丽特王后	你说什么？约克公爵说过他是王位的合法继承人？
彼得	说我师傅是？不是，老实说；是我师傅说他是，他还说当今王上是篡位者。
萨福克	来人哪！

仆人上

把这个家伙带下去，马上派传令官去把他师傅传来。——我们要当着王上的面再审一审你说的问题。

仆人押彼得下

玛格丽特王后	至于你们几个，既然喜欢

躲在护国公大人羽翼下寻求保护，

那就重新到他那里去控诉。（撕毁请愿书）

滚，贱骨头们！——萨福克，让他们走。

众请愿者	来，咱们走。

众请愿者下

玛格丽特王后	萨福克大人，我说，这儿就这种风气？

英格兰朝廷就是这么个样子？

这就是不列颠岛上的治理？

这就是阿尔比恩[1]王上的威仪？

怎么，莫非亨利国王还要在骄横的

格洛斯特的监护下当小学生不成？

难道我就是个徒有虚名的王后，

非得向一个公爵俯首称臣不成？

我跟你说，波尔，当初在图尔城，

为了赞美我的爱情你扬威比武场，

赢得了无数法兰西少女的芳心，

我还以为亨利国王会和你一样，

---

1 阿尔比恩（Albion）：英格兰的古称。

勇敢，多情，身强体壮；
不成想他却是一心向圣，
成天价数着念珠，满口圣母颂；
他倚重的勇士是先知和使徒，
他的武器是《圣经》中的箴言，
他的书斋就是他的比武场，
他钟爱的是圣徒们的铜像。
我真希望枢机主教团 [1]
选他为教皇，把他接到罗马，
将那顶三重冕 [2] 加在他的头上：
这样的地位才对得起他那股虔诚劲儿。

萨福克　　娘娘，您别着急；既然是因为我，
　　　　　　陛下您才来到英格兰，那我一定会
　　　　　　尽力让您在英格兰得到完全的满足。

玛格丽特王后　除了傲慢的护国公，我们还有博福特
　　　　　　那个专横的教士，萨默塞特，白金汉，
　　　　　　以及牢骚满腹的约克；而这帮人中
　　　　　　最不济的在英格兰也要比国王能行。

萨福克　　而这帮人当中谁再有能耐，
　　　　　　也不及内维尔父子在英格兰吃得开，
　　　　　　索尔兹伯里和沃里克可不是等闲之辈。

玛格丽特王后　这些显贵统统加起来也不及
　　　　　　护国公老婆那个傲慢婆娘一半叫我生气。
　　　　　　她带着太太小姐成群结队在宫里横冲直撞，

1　枢机主教团：天主教最高咨询机构，负责选举新教皇。
2　三重冕：即教皇戴的冠冕。

哪儿像汉弗莱公爵的老婆，俨然一个女皇；

进宫的外人肯定以为她就是王后娘娘；

她把一个公爵的进项全都穿在了背上 [1]，

而在心底里嘲笑本宫的寒酸样。

有朝一日我岂能不报复她一场？

别看她是个出身卑贱的荡妇，

前两天居然在她一群奴才面前吹嘘，

说什么她那条最过时的长裙的裙裾，

也贵过家父在得到萨福克拿来换取

他女儿的两处公爵领邑之前的全部领地。

萨福克　　娘娘，我已亲自为她在一片灌丛上抹了鸟胶 [2]，

还放了一群歌喉动听的鸟儿做囮子，

她肯定会落到上面去听那妙音，

然后就再也别想起来烦扰您。

所以，别理睬她；还有，娘娘，听我说，

我要斗胆在这件事上向您进上一言：

虽然我们对那个枢机主教并无好感，

但我们必须跟他和那些显贵联手，

直到把汉弗莱公爵扳倒搞臭。

至于约克公爵，刚才那个控诉 [3]

也不会给他带来什么好处。

这样我们最终会将他们一一铲除，

陛下您则可以把这幸运之舵驾驭。

1　即穿戴华贵。

2　即设下圈套（源自在小枝上涂抹鸟胶捕鸟）。

3　刚才那个控诉：即彼得指控师傅说过约克是王位合法继承人。

奏仪仗号。国王亨利六世偕萨默塞特与约克(二人各自在国王左右小声耳语)、
格洛斯特的汉弗莱公爵、枢机主教、白金汉、索尔兹伯里、沃里克与公爵夫人
埃莉诺上

亨利六世　　　就我而言,众位贤卿,哪个都无所谓;
　　　　　　　　萨默塞特也好,约克也罢,对我来说都一样。

约克　　　　　如果约克我在法兰西表现欠佳,
　　　　　　　　那就别让我任那里的摄政也罢。

萨默塞特　　　如果我萨默塞特不配担当此任的话,
　　　　　　　　就让约克任摄政吧;我愿意让给他。

沃里克　　　　殿下您配不配,暂且不论;
　　　　　　　　反正约克要比您更胜此任。

枢机主教　　　狂妄的沃里克,这儿没你说话的份儿。

沃里克　　　　咱上了战场就没枢机主教什么份儿喽。

白金汉　　　　今天在场的人都比你有说话的份儿,沃里克。

沃里克　　　　沃里克我有朝一日会比谁都有资格。

索尔兹伯里　　别说了,孩儿,你且说说理由,白金汉,
　　　　　　　　为什么就该萨默塞特获任此职。

玛格丽特王后　因为老实说,这乃是王上的旨意。

格洛斯特　　　娘娘,王上已经不小了,可以自己
　　　　　　　　拿主意;这不是女流之辈该关心的问题。

玛格丽特王后　若是王上不小了,又何劳殿下您
　　　　　　　　来做陛下的保护人?

格洛斯特　　　娘娘,微臣保护的乃是江山社稷,
　　　　　　　　如果陛下有意,微臣可以辞去此职。

萨福克　　　　那就赶紧辞,休得再这样傲慢无礼。
　　　　　　　　自打你做了王上——若不是你,谁是王上?——
　　　　　　　　我大英国运每况愈下,一日不如一日;

海外，法王储的势力已经坐大；
国内，所有的王公大臣一个个
全都成了任你呼来唤去的奴隶。

枢机主教　　你鱼肉百姓，搜刮民脂民膏；
教会也叫你洗劫一空，囊中羞涩。

萨默塞特　　你华丽的府邸和你老婆的衣裳，
挥霍掉了大笔的公帑。

白金汉　　你对犯人滥用酷刑，
已经超出法律的规定，
你且等着法律的严惩。

玛格丽特王后　　你在法兰西卖官鬻爵，出卖城镇，
嫌疑重大，一旦揭发出来，
很快就会叫你丢掉脑袋。　　　　　格洛斯特下

（将手中的扇子丢下）

（对埃莉诺）给我把扇子捡起来；怎么，贱货，你不肯？

（掴公爵夫人埃莉诺一耳光）

哎哟，对不起，夫人；原来是您？

埃莉诺　　原来是我？对，就是我，狂傲的法国娘儿们；
要是让我这指甲挨着了你这美人儿，
我定在你脸上刻上十诫¹叫你长点儿心。

亨利六世　　好婶婶，请息怒；她不是故意的。

埃莉诺　　不是故意的，好王上？你还是赶紧醒醒吧；
她会把你捏在手里，当三岁小孩儿耍；
虽然这儿最大的主儿不穿裤子，
但她揍了埃莉诺夫人休想不遭报复。　　　　　埃莉诺下

1　刻上十诫：即用指甲抓（脸）。

白金汉	枢机主教大人，我去跟踪埃莉诺，
	打探一下汉弗莱，看他有什么动向；
	她现在已经被激怒，用不着再加刺激，
	她会一意孤行，自取灭亡。

白金汉下

格洛斯特公爵汉弗莱上

格洛斯特	嗨，诸位大人，刚才到院子里溜达了一圈儿，
	我心头的火气已经消了，
	所以返回来谈谈国家大事。
	至于你们的恶意诬告，
	只要拿得出证据来，我甘受法律制裁；
	但凭着慈悲的上帝，我襟怀磊落，
	对王上，对国家，我可是一片赤胆忠心。
	不过要说到我们目前这个问题，——
	依微臣之见，陛下，约克才是
	代陛下摄政法兰西的最佳人选。
萨福克	在我们做出选择之前，请允许微臣
	提出几条理由，几条强有力的理由，
	证明约克是最最不合适的人选。
约克	我来告诉你，萨福克，为什么我不合适：
	第一，因为我不能逢迎你的傲气；
	其次，要是我获任了此职，
	萨默塞特大人会将我困于此地，
	不给我划拨军饷和装备，
	直至法兰西落入法王储手里；
	上一次我处处按他的意思小心行事，
	结果巴黎被围，弹尽粮绝，最后告失。
沃里克	此事我可以作证；本国还从没有哪个卖国贼

	干出过比这更无耻的勾当。
萨福克	住嘴，刚愎自用的沃里克！
沃里克	你这傲慢的化身，我凭什么要住嘴？

铠甲匠霍纳与他的徒弟彼得被押上

萨福克	因为这里有个人被指控叛国；
	但愿上帝能让约克公爵为自己开脱！
约克	有人指控我约克为叛臣逆贼吗？
亨利六世	你什么意思，萨福克？告诉我，这两人是干什么的？
萨福克	（指着彼得）启禀陛下，这就是那个告发
	自己的师傅大逆不道的人；
	他的告词如下：说约克公爵理查
	乃是英格兰王位的合法继承人，
	而陛下您则是一个篡位之君。
亨利六世	说，小子，这是你说过的话吗？
霍纳	回禀陛下，这种事儿小的别说说，想都没有想过；上帝可以替小的作证，这个混蛋纯粹是血口喷人。
彼得	（举起双手）我用这十根指头发誓，列位大人，有天夜里我们在角楼上给我家约克大人擦铠甲时，他确实跟我说过这些话。
约克	下贱的狗东西，下死力气的玩意儿，
	你说出这番大逆不道的言语，我要砍掉你的脑袋。——
	微臣恳请吾王陛下，
	对他依法严惩不贷。
霍纳	哎呀，陛下，如果小的真说了这样的话，绞死小的好啦；告发小的的是小的的徒弟，前几天他犯错小的责罚了他，他跪在地上发誓要跟小的把这笔账扯平——这事儿小的有可靠的见证——所以小的恳请陛下别听信小人诬陷而

冤枉老实人。

亨利六世 （对格洛斯特）叔父，此案依照法律朕该作何处置？

格洛斯特 陛下，若让微臣来判，应这样裁决：

让萨默塞特出任法兰西摄政，

因为约克在本案中难脱嫌疑。

（指着霍纳和彼得）此外给此二人指定一个日子，

令他们在便宜的场所单挑独斗，

（指着霍纳）因为他有证人证明他徒弟属于蓄意诬陷；

这便是法律，这便是汉弗莱公爵的裁判。

萨默塞特 微臣谢主隆恩。

霍纳 小的愿意接受决斗。

彼得 哎呀，陛下，小的不能打斗；看在上帝的分上，可怜可怜我的处境吧；人家是存心要欺辱小的呀。主啊，怜悯怜悯小的吧！小的可是一拳也不会打呀。主啊，我的心呀！

格洛斯特 小子，你非打不可，否则就绞死你。

亨利六世 把他们押到大牢里去，决斗的日子

就定为下个月的最后一日。

好了，萨默塞特，我来送你启程。 喇叭奏花腔。众人下

第四场 / 第四景

格洛斯特公爵府邸

女巫玛格丽特·乔丹、休姆和索思韦尔二神甫与博林布罗克上

休姆	来，伙计们，公爵夫人，我可告诉你们，她希望你们兑现你们许下的诺言。
博林布罗克	休姆师父，我们已经准备妥当；是不是夫人大驾要亲临来耳闻目睹我们招魂作法？
休姆	对，能不来吗？别担心她的胆量。
博林布罗克	我听人家说她是一个秉性不屈不挠的女人；不过，休姆师父，我们在下面忙活的时候，你还是在上面陪着她方便些；所以，我以上帝的名义，请你上去，别在我们这儿。

休姆下

乔丹大妈，请你趴下，趴在地上。（她趴下）约翰·索思韦尔，你且念咒，咱们开始作法。

埃莉诺自高台[1]上，休姆尾随

埃莉诺	好样的，伙计们，欢迎大家。赶紧开始吧，越快越好。
博林布罗克	别急，好夫人；巫师们懂得把握良辰： 深夜，黑夜，万籁俱寂之夜， 特洛伊那一夜被付之一炬的时分[2]， 凄唳的角鸮[3]长啼，拴着的看门恶狗狂狺， 幽灵游荡，鬼魂破坟而出的时辰； 那便是我们行事的最佳时机。 夫人，您请坐，别担心；我们招来的鬼魂， 我们会画一个魔圈将它牢牢圈住。

他们作法，画了一个魔圈；博林布罗克或索思韦尔口中念念有词："我召唤你"

---

1 高台：即上层舞台或舞台后区。

2 在夜幕的掩护下，特洛伊城被藏身特洛伊木马中混入城内的希腊人焚毁。

3 角鸮：叫声凄厉，被视作不祥之鸟。

云云。雷电大作；然后幽灵旦撒 [1] 出现 [2]

旦撒　　　　　我来也。

玛格丽特·乔丹　旦撒，

　　　　　　　凭着永恒的上帝，凭着听到他的名字和威力

　　　　　　　你就会发抖的上帝，回答我问你的问题；

　　　　　　　你不开口，就休想从这里溜走。

旦撒　　　　　你想问什么就问吧；但愿我说完就了事。

博林布罗克　　（念）"先说说国王；他的结局如何？"

旦撒　　　　　公爵在亨利先遭废；

　　　　　　　但比他活得长，最后落得个暴亡。

　　　　　　　（幽灵一边说，索思韦尔一边记录）

博林布罗克　　（念）"等待萨福克公爵的是什么命运？"

旦撒　　　　　他将死于水上，终其一生。

博林布罗克　　（念）"萨默塞特公爵会落得个什么下场？"

旦撒　　　　　让他离城堡远点儿；

　　　　　　　对他而言，待在沙地平原

　　　　　　　要比山上高耸的城堡安全。

　　　　　　　说完了，我实在撑不下去了。

博林布罗克　　掉回黑暗和火湖中去吧！

　　　　　　　奸诈的魔鬼，滚！　　　　　　　　　　电闪雷鸣。幽灵下

约克公爵与白金汉公爵偕侍卫（汉弗莱·斯塔福德爵士为队长）急闯而上

约克　　　　　把这帮逆贼连人带物 [3] 给我抓起来；

　　　　　　　（对乔丹）老巫婆，我们就在一边儿盯着你呢。

1　旦撒（Asnath）：撒旦（Sathan，即 Satan）的变位词。

2　出现：大概是由活动地板门而出。

3　物：即作法所用之物。

怎么，夫人，您也在这儿？您如此煞费苦心，

国王和国家真是对您感恩不尽；

您做的这些好事儿，毫无疑问，

护国公大人一定会好好酬谢您。

埃莉诺　　要说对英王做的好事儿，还不及你一半儿，

血口喷人的公爵，你无中生有吓唬谁。

白金汉　　对，夫人，是无中生有；（指着字条儿）您管这叫什么呢？

把他们带下去；好生看管，

分头关押。——（对埃莉诺）您，夫人，跟我们走。

斯塔福德，你押着她。　　　　埃莉诺与休姆自高台被押下

您这堆乌七八糟的玩意儿[1]我们会妥为保管[2]。

统统带走！

玛格丽特·乔丹、索思韦尔与博林布罗克自主台被押下

约克　　白金汉大人，我认为你把她监视得很好；

一条妙计[3]，正好可以大做文章。

对了，大人，咱们来看看魔经[4]。（白金汉将字条儿递给他）

这都是些什么呀？

（念）"公爵在亨利先遭废；

但比他活得长，最后落得个暴亡。"

咳，这简直就是说：

"我宣示，埃阿科斯的后人，罗马人能破。[5]"

1　乌七八糟的玩意儿：即作法所用之物。
2　妥为保管：妥为保管以作呈堂物证。
3　一条妙计：原文为 A pretty plot，兼具"一块好地"之意。
4　魔经：与"圣经"相对。
5　此处原文为拉丁文：*Aio Aeacidam, Romanos vincere posse.* 系古希腊伊庇鲁斯（Epirus）国王皮
　洛士（Pyrrhus）询问自己能否征服罗马时，德尔斐（Delphi）所宣示的神谕。这句神谕既可
　理解为"我宣示，你，埃阿科斯的后人，可以征服罗马人"，也可理解为"我宣示，罗马人
　可以征服你，埃阿科斯的后人"。

唉，再看看下面的：
"告诉我等待萨福克公爵的是什么命运？"
"他将死于水上，终其一生。"
"萨默塞特公爵会落得个什么下场？"
"让他离城堡远点儿；
对他来言，待在沙地平原
要比山上高耸的城堡安全。"
行了，行了，诸位大人，
这些神谕来之不易，
解起来也挺费力气。
国王此刻正在前往圣奥尔本斯途中，
由这位可爱夫人的夫君护驾陪同；
派人快马加鞭把这些消息呈报上去，
这早餐护国公大人吃起来可不轻松。

白金汉　　约克大人，请派我去做这信使，
　　　　　　我指望着得到他的赏赐。

约克　　　请便，好大人。（冲幕内呼唤）来人哪！
一家丁上

　　　　　　去请索尔兹伯里和沃里克两位大人
　　　　　　明晚过来与我共进晚餐。去吧。　　　　　　分头下

第二幕

第一场 / 第五景

圣奥尔本斯

国王亨利六世、王后玛格丽特、护国公格洛斯特、枢机主教与萨福克偕一群放鹰纵犬行猎者口打呼哨[1]而上

玛格丽特王后　说真的，诸位大人，纵犬放鹰猎水禽[2]，

这七年来我还是头一次玩得这么开心；

不过，我冒昧说一句，风刮得这么大，

十有八九，老鹰琼安怕是没有放飞吧[3]。

亨利六世　（对格洛斯特）可是，贤卿，你那只鹰抢到了多好的位置，

而且比其余的鹰飞得高出了好多；

可见上帝在所造万物中的作用有多大！

是啊，人也好鸟也罢，都喜欢往上爬。

萨福克　陛下恕我直言，这没有什么稀奇，

护国公大人的那些鹰确实善于扶摇直上；

它们知道自己的主人喜欢高高在上，

他的心思则更在他的鹰能飞的高度之上。

格洛斯特　大人，只有卑鄙小人的头脑

所能达到的高度还不如一只鸟。

1　口打呼哨：唤狗。
2　猎水禽：用狗将水鸟从岸边灌木丛里赶出来，让训练有素的鹰捕猎。
3　即时机不利于老鹰琼安起飞（风大时放飞恐有一去不返之虞）。

枢机主教	我也是这么看；他会高出云端。
格洛斯特	嘿，我的主教大人，你这话什么意思？
	阁下若是能飞上天堂岂不很好？
亨利六世	那可是永保极乐的宝处。
枢机主教	你的天堂在尘世；你的眼睛和心思
	都专注于王冠，那才是你心中的宝贝；
	缺德的护国公，阴险的贵族，
	倒是挺会讨国王和国人欢喜！
格洛斯特	怎么，枢机主教？
	你这教会中人竟也会脾气大涨？
	神圣的心中居然有如此多的愤怒？ [1]
	教会人士这么暴躁？好叔父，收起这种恶意；
	以您这么神圣的身份，您能做到吗？
萨福克	没有恶意，先生，不过是刚好顺乎
	这么好一场争吵和这么坏一个贵族。
格洛斯特	像谁那么坏，大人？
萨福克	咳，像你呗，大人，
	你这位不可一世的护国公大人怕是不爱听。
格洛斯特	哼，萨福克，英格兰谁都知道你傲慢无礼。
玛格丽特王后	也都知道你野心勃勃，格洛斯特。
亨利六世	我求你，住口吧，好王后，
	别给这些怒火中烧的贵族火上浇油，
	因为只有使人和睦的人才能得到福佑 [2]。

1　本行原文为拉丁文：*Tantaene animis coelestibus irae?* 典出维吉尔（Virgil）的《埃涅阿斯纪》
　　（*Aeneid*）第 1 卷第 11 行。

2　只有……福佑：典出《圣经·马太福音》第 5 章第 9 节。

枢机主教	让我得到福佑吧，我要用手中的剑
	对付这个傲慢的护国公，实现和平！
格洛斯特	（与枢机主教旁白）当然，虔诚的叔父，求之不得呢。
枢机主教	好啊，只要你敢。
格洛斯特	休要把你那帮党羽搅和进来，
	你侮辱我得你自己来偿债。
枢机主教	好，就怕你不敢露面；要是你敢，
	今晚，咱们林子东头儿见。
亨利六世	怎么啦，二位贤卿？
枢机主教	说真的，格洛斯特贤侄，
	要不是你的人 [1] 把那只鸟突然惊跑了，
	我们定会有更多收获。——带上你的双手重剑 [2]。
格洛斯特	是啊，叔父。——
	你听清楚了没有？林子东头儿？
枢机主教	我奉陪。
亨利六世	唉，怎么啦，格洛斯特叔父？
格洛斯特	说放鹰行猎呢；没别的，陛下。——
	嘿，对着上帝之母 [3] 发誓，教士，我为此要剃剃你的秃瓢 [4]，
	否则我的剑术算是草包。
枢机主教	医生，你医治自己吧 [5]——
	护国公，小心点儿，保护好你自己。
亨利六世	风大了；你们的脾气也见长了，二位贤卿；

---

1 你的人：即放鹰的人。

2 双手重剑：又长又重的剑，须双手握。

3 上帝之母：即圣母马利亚。

4 秃瓢：指教士剃得光光的脑袋。

5 本行原文为拉丁文：*Medice, teipsum*，典出《圣经·路加福音》第 4 章第 23 节。

这样的音乐听了叫我心里好不厌烦!

弦既不调,又怎望奏出和谐之声?

我请求二位贤卿,让我来调停这场纷争。

一镇民高呼"奇迹!"而上

格洛斯特　　　这大喊大叫是什么意思?

伙计,你在喊什么奇迹?

镇民　　　　　奇迹!奇迹!

萨福克　　　　上来奏明王上是什么奇迹。

镇民　　　　　真的,圣奥尔本¹圣殿里有一个瞎子,

这半小时不到便见到了天日;

这个人有生以来可是从未见过东西。

亨利六世　　　啊,赞美上帝吧,让虔信的人

于黑暗中得到光明,于绝望中得到慰藉!

圣奥尔本斯镇镇长及其僚属上,二人用笕子抬着辛普考克斯,辛普考克斯之妻
及众镇民尾随

枢机主教　　　镇民们浩浩荡荡地过来了,

将此人送来觐见陛下。

亨利六世　　　在这尘世的沟壑里他得到了莫大的慰藉,

只怕他看得见东西后反而会倍增罪孽。

格洛斯特　　　站开点儿,诸位,把他带到王上跟前来;

陛下要与他谈话。

亨利六世　　　好人儿,把详细情况道与朕听听,

好让朕替你把上帝赞美。

怎么,你瞎了很久现在刚刚复明?

1　圣奥尔本(Saint Alban):据称是英格兰第一个殉道的基督徒,公元四世纪初因庇护基督教
　　皈依者而被处死。

辛普考克斯	回禀陛下，小的生来就瞎。
辛妻	对，真的，他生来就瞎。
萨福克	这个女人是什么人？
辛妻	回大人的话，是他老婆。
格洛斯特	你要是他妈，会更有资格这么说。
亨利六世	（对辛普考克斯）你出生于何地？
辛普考克斯	回禀陛下，北方的贝里克[1]。
亨利六世	可怜的人儿，上帝对你真是恩宠有加；
	无论白天夜晚都不可不念祈祷文，
	要念念不忘上帝对你所施的大恩。
玛格丽特王后	（对辛普考克斯）告诉我，好人儿，你是碰巧来到这里，
	还是诚心到这座圣殿来敬神的？
辛普考克斯	上帝明鉴，完全是出于一片诚心，
	睡梦里我千百次听到仁慈的圣奥尔本
	呼唤我，他说：“辛蒙，来；
	来到我的圣殿里献祭，我就会帮助你。”
辛妻	千真万确，真的；有很多次
	我就亲耳听见一个声音这样呼唤他。
枢机主教	怎么，你是个瘸子？
辛普考克斯	是呀，万能的上帝帮帮我吧。
萨福克	你怎么瘸的？
辛普考克斯	爬树摔的[2]。
辛妻	李子树，老爷。

---

1 贝里克（Berwick）：即特威德河畔贝里克（Berwick-upon-Tweed），苏格兰与英格兰边界上一
  城镇。
2 "爬李子树"是交媾的委婉说法。

格洛斯特	你瞎了多久了?
辛普考克斯	哦,生下来就瞎,老爷。
格洛斯特	怎么,那你还爬树?
辛普考克斯	一辈子就爬了那一次,还是我年轻的时候。
辛妻	一点儿不假,他爬了那么一下,吃的苦头可大啦。
格洛斯特	嚄,你很喜欢李子,才不惜冒这样的险吧。
辛普考克斯	哎呀,好老爷,是我老婆想吃那俩果子[1],
	才让我爬上去[2]的,差点儿把小命搭进去。
格洛斯特	好一个滑头的刁民,不过滑头也不管用。
	让我瞅瞅你的眼睛;闭上;好,睁开;
	依我看,你还是看不太清楚吧。
辛普考克斯	不,老爷,清楚得像大白天,我得多谢上帝和圣奥尔本。
格洛斯特	我没听错吧?这件斗篷是什么颜色?
辛普考克斯	红色,老爷,血一样红。
格洛斯特	嘿,说得不错嘛;那我这件长袍是什么颜色?
辛普考克斯	黑色,说实话,黑得像煤玉。
亨利六世	哟,这么说,你知道煤玉是什么颜色喽?
萨福克	可是,我觉得,他从未见过煤玉呀。
格洛斯特	不过斗篷长袍,以前怕是见过不少吧。
辛妻	他这辈子,在今儿个以前,从没见过。
格洛斯特	告诉我,小子,我叫什么名字?
辛普考克斯	哎呀,老爷,小的不知道。
格洛斯特	那他的呢?
辛普考克斯	不知道。

1　俩果子:兼具"睾丸"之意。
2　爬上去:兼具"爬上去干那事儿"之意。

格洛斯特	他的也不知道？
辛普考克斯	不知道，真的，老爷。
格洛斯特	你自己叫什么名字？
辛普考克斯	桑德·辛普考克斯，回老爷的话。
格洛斯特	那好，桑德，你给我坐下，你这个基督教国度里的头号大骗子。你要是生下来就瞎，你也大可以知道我们大家的名字，就像你一口气说出我们各人衣服的颜色一样。视觉可以分辨颜色，但要一下子说出所有颜色，那是不可能的。——诸位大人，圣奥尔本刚才行了个奇迹；要是有人能让这个瘸子不再一走一瘸，各位不认为此人神通广大吗？
辛普考克斯	哦，老爷，但愿您能做到！
格洛斯特	圣奥尔本斯的父老乡亲，你们镇上有没有教区执事和叫做鞭子的东西？
镇长	有，回禀大人阁下。
格洛斯特	那好，马上派人去给我找一个来。
镇长	小子，赶紧去把教区执事叫过来。 —镇民下
格洛斯特	现在快去给我搬个凳子过来。——得了，小子，你要想免受一顿鞭子，给我从凳子上面跳过去，跑掉完事儿。
辛普考克斯	哎呀，老爷，我自个儿站都站不起来呀；您就是下手拷打我也没有用哪。

一教区执事携数条鞭子上

格洛斯特	嘿，先生，我非叫你两条腿儿站起来不可。——执事伙计，用鞭子抽他，抽到他从那个凳子上跳过去为止。
教区执事	遵命，大人。——快点儿，小子，快脱掉你的紧身上衣。
辛普考克斯	哎呀，老爷，我怎么办哪？我站不起来呀。

教区执事抽了他一鞭子后，他跳过凳子跑掉了；众人尾随其后高呼："奇迹！"

亨利六世	啊，上帝，这你都看见了，还忍了这么久？
玛格丽特王后	看到这个坏蛋跑掉，真叫我好笑。
格洛斯特	跟上那个骗子，把这个婊子带走。
辛妻	哎呀，先生，我们干这个也是迫不得已呀。
格洛斯特	沿途遇上集镇就抽他们鞭子，
	直到他们滚回老家贝里克为止。

辛妻、教区执事及众镇民下

枢机主教	汉弗莱公爵今天行了一个奇迹。
萨福克	没错儿；把个瘸子治得跳起来就跑。
格洛斯特	不过你行的那么多奇迹我可比不了；
	大人你一天就把整座整座的城镇¹弄跑。

白金汉上

亨利六世	白金汉表叔带来了什么消息？
白金汉	这消息说出来令我胆战心惊：
	有一伙恶人，包藏祸心，
	埃莉诺夫人，护国公之妻，
	正是这帮暴民的头目，
	她为他们撑腰，与他们沆瀣一气，
	纠集一撮巫婆术士，
	大行危害您大位的阴险之事，
	就在他们招起地下恶鬼，
	询问吾王亨利的生死，
	及陛下朝中枢密大臣的运势之际，
	我们将这伙人抓了个正着。
	至于更多详情陛下日后自会知晓。

---

1 城镇：即作为迎娶玛格丽特的聘礼而送出去的那几座法兰西城镇。

枢机主教	如此说，护国公大人，尊夫人 怕是已经羁押在伦敦候审。 这个消息，我想，已经让您的刀剑卷了刃； 看样子，大人，您是不大可能准时赴会了。
格洛斯特	野心勃勃的教士，别再折磨我的心； 悲痛和伤心已经令我不堪一击； 既已落败，我不向你低头， 也得向最下贱的奴才认输。
亨利六世	啊，上帝，恶人们为非作歹， 到头来却给自己带来灭顶之灾！
玛格丽特王后	格洛斯特，瞧你窝里的龌龊事儿， 你最好当心点儿，自己可别出什么差池。
格洛斯特	娘娘，说到为臣自己，苍天可鉴， 为臣爱王上、爱国家绝对是忠心赤胆； 至于贱内，为臣还不知道事情的原委； 听了刚才的消息，我心里很过意不去。 她出身高贵；但是如果她忘记 美德荣誉，与那些沥青一般黑、 玷污贵族身份的人勾搭在一起， 为臣则将不准她与我同床共枕， 还要让她受到法律制裁和羞辱， 因为她败坏了格洛斯特的忠名。
亨利六世	这样吧，今晚朕就在此歇寝； 明天再转驾返回伦敦， 把这件事情彻底查清， 将这伙人犯提来问罪， 把案情用正义的天平掂量掂量，

天平自然会偏向有理的那一方。　　　喇叭奏花腔。众人下

第二场　　/　　第六景

约克的私家花园

约克、索尔兹伯里与沃里克上

约克　　　好了，索尔兹伯里和沃里克二位大人，
　　　　　　我们简单的晚餐已经用完，
　　　　　　在这条僻静的小路上，还请二位
　　　　　　满足我一个请求，就我对英格兰王位
　　　　　　不容置辩的继承权发表一下高见。

索尔兹伯里　大人，此事在下愿闻其详。

沃里克　　亲爱的约克，说来听听；如果你的主张理由充分，
　　　　　　我们内维尔父子就向你俯首称臣。

约克　　　那就听我一一道来：
　　　　　　二位大人，爱德华三世生有七子：
　　　　　　长子，黑太子爱德华，威尔士亲王；
　　　　　　次子，哈特菲尔德的威廉；三子，
　　　　　　克拉伦斯公爵莱昂内尔；他下边
　　　　　　是冈特的约翰，兰开斯特公爵；
　　　　　　五子是埃德蒙·兰利，约克公爵；
　　　　　　六子是伍德斯托克的托马斯，格洛斯特公爵；
　　　　　　温莎的威廉是最小的第七子。

黑太子爱德华先其父而早逝，
身后留下理查 [1]，他的独子，
爱德华三世驾崩后继位称君；
后来冈特的约翰的长子兼继承人，
兰开斯特公爵亨利·波林勃洛克
以亨利四世的名义加冕称王，
篡国自立，废黜了合法的国王，
将可怜的王后赶回了娘家法兰西，
将王上放到庞弗里特 [2]；在那里，如所周知，
无辜的理查为篡臣所弑。

沃里克　父亲，公爵说的这些都是事实；
兰开斯特家族就是这么夺得王位的。

约克　现在他们占据王位全靠强权而非公理；
由于长子的继承人理查已死，
继承大统的理应是次子的后裔。

索尔兹伯里　可哈特菲尔德的威廉并无子嗣。

约克　第三子，克拉伦斯公爵，凭他的血系
我要求王位，他有后人菲利帕，一个闺女，
嫁给了埃德蒙·摩提默，马奇伯爵；
埃德蒙有子嗣，便是马奇伯爵罗杰；
罗杰又有子嗣埃德蒙 [3]、安妮与埃莉诺。

索尔兹伯里　这个埃德蒙 [4]，在波林勃洛克朝，

1　理查（Richard）：即理查二世（Richard II）。
2　庞弗里特（Pomfret）：即今庞蒂弗拉克特（Pontefract），在约克附近。
3　埃德蒙（Edmund）：即埃德蒙·摩提默，第五代马奇伯爵，曾被理查二世宣布为推定继承人。
4　这个埃德蒙：莎士比亚因袭了所用史料中的一个错误，将埃德蒙·摩提默与其同名的叔父混为一谈；后者为威尔士起义领袖奥温·葛兰道厄（Owen Glendower）所俘，后娶葛兰道厄之女，加入起义阵营。

据我看到的史料，曾经要求问鼎大宝，
要不是因为奥温·葛兰道厄，早已当上国王，
只可惜葛兰道厄将他一直囚禁至死[1]。
余下的，还是你来说。

约克　　他的大姐，安妮，
也就是家母，名正言顺的王位继承人，
婚配给爱德华三世第五子埃德蒙·兰利之子
剑桥伯爵理查。
凭我母亲，我有权承袭王位；
她是马奇伯爵罗杰的继承人，
罗杰是埃德蒙·摩提默之子，摩提默又娶了菲利帕，
克拉伦斯公爵莱昂内尔的独生女为妻，
所以，如果按传长不传幼的规矩，
我才应该是当今的王上。

沃里克　　还有比这更明白不过的家系吗？
亨利主张王位凭的是冈特的约翰
四房这一支；约克凭的则是三房这一支；
莱昂内尔这一支不断，他那一支就没戏。
这一支如今不仅还没断，反而在您
和您的公子们身上，繁衍得枝繁叶壮。
这么说，父亲，咱索尔兹伯里父子俩一起下跪，
在这个僻静的地方率先向
我们合法的君主致敬，
向他与生俱来的王位继承权表示尊崇。

父子俩　　敬祝我们的主上，英王理查万寿无疆！

1　囚禁至死：又一处史料错误。

约克	寡人 [1] 谢过二位贤卿；不过，我成你们的国王
	必须等到加冕，等到我的剑沾染
	兰开斯特家族的心头血才算；
	而这不是一件一蹴而就的事情，
	须得小心行事、秘而不宣才行。
	在这危急存亡之秋，还望你们像我一样；
	对于萨福克公爵的放肆，
	博福特的骄矜，萨默塞特的野心，
	白金汉及其党羽，都要视若无睹，
	但等他们陷害了那个牧羊人——
	德高功著的好公爵汉弗莱再说；
	此乃他们追求的目标，若不出约克所料，
	他们这么做到头来也是死路一条。
索尔兹伯里	大人，不必细说；您的意思我们完全明白。
沃里克	我打心底自信，沃里克伯爵我
	有朝一日定会把约克公爵扶上王座。
约克	内维尔 [2]，我也向自己做出过这样的保证：
	理查我有生之年定会让沃里克伯爵
	在英格兰位居一人之下，万人之上。 众人下

1　寡人（We）：约克此处使用了君主用于自称的代词。
2　内维尔（Neville）：沃里克的姓。

第三场 / 第七景

伦敦—审判场所（具体地点不详）

号角齐鸣。国王亨利六世与玛格丽特王后、格洛斯特、萨福克、白金汉与枢机
主教偕侍卫上，拟流放公爵夫人埃莉诺，同时押上来的还有玛格丽特·乔丹、
索思韦尔、休姆与博林布罗克。约克、索尔兹伯里与沃里克迎面而上

亨利六世	站出来，埃莉诺·考勃汉夫人，格洛斯特之妻；
	你目无上帝与本王，罪大恶极；
	犯下依《圣经》应处死的罪过，
	现在且听候法律的发落。——
	你们四人，暂且押回大牢监禁；
	在那里等候押赴刑场行刑。
	巫婆着于史密斯菲尔德[1]焚成灰烬，
	你们三人着以绞刑处决。
	你，夫人，念你出身高贵一些，
	着褫夺你荣衔终身，
	当众公开忏悔三天，
	尔后发配到马恩岛[2]流放，
	由约翰·斯坦利爵士押解前往。
埃莉诺	我接受流放，就是处死我也认了。
格洛斯特	埃莉诺，你也看到了，这是法律对你的裁量；
	法所不容的人，我也无法帮腔。——

---

1 史密斯菲尔德（Smithfield）：伦敦市内一处地方；曾是处决异端分子的刑场。
2 马恩岛（Isle of Man）：英格兰西北海岸外一小岛。

我眼里充满了泪水，心里充满了悲伤。

埃莉诺及余犯同被押下

唉，汉弗莱，你这把年纪遭此等奇耻，

怕是得伤心得头都要垂到地上去。

恳请陛下，请恩准微臣告退；

悲戚需要排遣，老骨头需要休息。

亨利六世 且慢，格洛斯特公爵汉弗莱；你走之前，

先交出手中的权杖；亨利要自己来做

他的护国公；上帝来做我的希望，

我的依靠，我的向导，我的指路明灯[1]；

安心地去吧，汉弗莱，你受到的爱戴

不会比你给你的国王当护国公时减少。

玛格丽特王后 我看不出成年的君王有什么理由

要像一个孩子一样受到别人监护；

上帝与亨利国王统治英格兰国土；

交出你的权杖，先生，把江山还与我主。

格洛斯特 我的权杖？尊贵的亨利，权杖在此；

当年你父王亨利心甘情愿地把它托付给我，

今天我同样心甘情愿地把它交还给你；

我心甘情愿地将它放在你的脚前，

（将权杖放在亨利脚前）

正像有人急于把它抓到手里一般。

别了，好王上；我死去之后，

愿太平常伴你的御座左右！

格洛斯特下

玛格丽特王后 哼，现在亨利和玛格丽特才是名副其实的国王和王后，

1　上帝……明灯：亨利引用了《圣经·诗篇》中的词句。

格洛斯特公爵汉弗莱惨遭如此重创，

元气大伤；无异于受到了两面撕扯：

夫人被流放，等于断了他一条臂膀。（拾起权杖）

这权杖已夺回，就该让亨利来执掌，

因为那才是它最适合待的地方。（将权杖交给亨利）

萨福克　这棵巨松[1]就这么连枝带叶地倒地；

埃莉诺得意的日子刚刚开始便告结束。

约克　诸位大人，别管他了。——启奏陛下，

今天是指定那两个人决斗的日子，

挑战者与应战者双方，

铠甲匠与他的徒弟，已准备进场，

有请陛下移驾前去观赏。

玛格丽特王后　对，我的好主公；我此番特意

出得宫来，看这场讼案一决胜负。

亨利六世　以上帝的名义，去把比武场及诸事布置妥当；

让他们就此了结争讼，愿上帝保佑有理的一方。

约克　诸位大人，像眼前这个铠甲匠的徒弟那么仓促上阵，

那么怕与对手过招的挑战者，

我还真是头一次见到。

铠甲匠霍纳及其三邻居自一侧台门上，邻居们一个劲儿地敬酒，霍纳大醉；霍纳上场时携一棍，棍端系一沙袋，一鼓手作前导；他的徒弟彼得自另一侧台门上，携一沙袋，一鼓手作前导，众学徒给他敬酒

邻居甲　来，霍纳高邻，我敬你一杯萨克酒[2]；不用担心，邻居，你肯定会打得很棒。

1　松：可能暗指格洛斯特之父亨利四世（Henry IV）所采用的徽章。

2　萨克酒（sack）：西班牙一种甜味白葡萄酒。

邻居乙	来，邻居，喝一杯沙尔内科酒[1]。
邻居丙	来，这是一壶上好的烈性啤酒，邻居；喝吧，不用怕你那个徒弟。
霍纳	听天由命吧，说真的，我敬你们大家；彼得算个屁[2]！（与众邻居饮酒）
学徒甲	来，彼得，我敬你一杯，别害怕。
学徒乙	打起精神，彼得，别怕你师傅；为咱们学徒的荣誉好好打。（彼得拒绝他们敬的酒）
彼得	我谢谢你们大家；喝吧，为我祈祷吧，我求求你们；因为我怕是这辈子再也喝不上酒了。来，罗宾，要是我死了，我就把我这条围裙给你；威尔，你就要我的锤子吧，还有你，汤姆，我所有的钱都归你了。主啊，保佑我吧，我祈求上帝，我师傅学了那么多剑术，我压根儿就不是他的对手。
索尔兹伯里	来，别喝了，动手吧。小子，你叫什么名字？
彼得	彼得，真的。
索尔兹伯里	彼得！彼得什么？
彼得	桑。
索尔兹伯里	桑？那就好好地揍你师傅一顿。
霍纳	列位，我来到这里，可以说是受自己徒弟所逼，来证明他是一个恶棍，而我本人是一个老实人；说到约克公爵，我愿意拿性命起誓，对他，对王上，对王后，我从来不曾怀有半点儿恶意；所以，彼得，我要给你当头一棒！

---

1 沙尔内科酒（charneco）：葡萄牙甜味葡萄酒，波尔图葡萄酒（port）之一种。
2 算个屁：原文为 fig，源自古代西班牙语词汇 *figo*；表示轻蔑的惊叹语；说出时常伴有一个猥亵的手势，即将大拇指插入食指与中指之间。

约克	快点儿；这混蛋已经开始胡言乱语[1]。
	快吹，号手，催双方赶紧出击！

警号。两人相斗，彼得将霍纳击倒

霍纳	住手，彼得，住手！我承认，我承认犯有叛逆罪。（死）
约克	拿走他的武器。——小子，感谢上帝，还有那让你师傅施展不了手脚的好酒。
彼得	噢，上帝，我在这么大的场面上打败了我的敌人？噢，彼得，你理直气壮地获胜了！
亨利六世	去，把那个逆贼的尸首从本王眼前搬走；
	他这一死，本王看他罪行已经坐实。
	上帝主持正义，已向本王昭示
	这个可怜的小子的确诚实无辜，
	而那个逆贼却想陷害他于死地。
	来，小子，随本王领赏去。 喇叭奏花腔。众人下

第四场 / 第八景

伦敦一街道

格洛斯特公爵汉弗莱及数家仆着丧服上

格洛斯特	最晴朗的日子有时也有乌云遮蔽，
	炎炎夏天过后总是继以

1　胡言乱语：兼具"口齿不清"、"诽谤"之意。

满目荒凉、寒风刺骨的冬季，

人间祸福相依，如同季节飞逝。

诸位，现在是几时？

家仆　　　十点，大人。

格洛斯特　十点是我来看我受刑的公爵夫人

到这儿来游街忏悔的约定时辰；

她的双脚那般娇柔细嫩，

踏行在这坚硬的石街上哪堪忍。

亲爱的内尔，你高贵的心胸哪能忍受

那些贱骨头死盯着你的脸瞅，

看着你受辱而恶意地讪笑不休；

想当年，你驷马高车[1]神气地驶过街头，

他们好不艳羡地跟在你的车轮后。

且慢，我想她过来了；容我备好

盈眶的泪眼来看她的苦难。

公爵夫人埃莉诺赤足着白色忏悔服，背贴罪状，手持燃着的蜡烛而上；约翰·斯坦利爵士、郡长及众僚属随上

家仆　　　启禀大人，我们要把她从郡长手里抢回来。

格洛斯特　不，想活命就别乱来；让她走过去。

埃莉诺　　大人，你是来看我当众受辱的吗？

你也是在自讨没趣。瞧他们盯着瞅的模样，

瞧发了昏的民众指手画脚，摇头晃脑，

一个个都把目光投到你的身上。

唉，格洛斯特，快躲开他们仇视的目光，

把自己关进屋里，哀叹我遭受的羞辱，

1　驷马高车：取得辉煌胜利的将领在凯旋式上的样子。

	诅咒你的敌人，你我共同的敌人去。
格洛斯特	忍耐点儿，好内尔；别把这痛苦挂在心上。
埃莉诺	唉，格洛斯特，教我怎样忘掉我自己，
	因为我一想到我是你的结发之妻，
	而你是一位亲王，本国的护国公，
	我就觉得我不该如此蒙辱被封口，
	背上插着纸牌，被人家牵着出丑，
	让一群乌合之众跟在自己的后头，
	拿我的泪水和沉痛的呻吟寻开心。
	无情的硬石划破了我细嫩的双脚，
	我一缩脚，恶毒的人便哈哈大笑，
	叫我走路要如何如何小心为好。
	唉，汉弗莱，我岂能忍受此等凌辱？
	你以为我还会留恋这个人世，
	把享受阳光看作幸福？
	不；黑暗将是我的光明，黑夜将是我的白日。
	忆及昔日的荣华，无异于让我下地狱。
	有时我会说，我是汉弗莱公爵的妻子，
	而他是一位亲王，是本国的统治者；
	可尽管他身为亲王，统治着国家，
	却只是袖手旁观，眼看他的公爵夫人落难，
	让那些游手好闲的贱民跟在后面
	戳戳点点，好像在看什么稀罕儿。
	你且自在从容，不为我受辱脸红，
	凡事都别动，等着哪天死神之斧
	架上你的脖颈，这一天肯定为期不远。
	因为萨福克，这个无恶不作的家伙，

会竭力勾结那个恨你恨我们大家的骚货[1]，

外加约克和邪恶的博福特，那个假教士，

全都给灌丛涂上鸟胶来粘你的羽翅，

无论你怎样飞，他们也会将你粘住。

你且不恐不惧，等着被人捆住双足，

你也不用先发制人，大可坐以待毙。

格洛斯特 唉，内尔，别说啦；你完全想错了。

我不犯法怎么会被人治罪，

纵然我的敌人再多二十倍，

每个敌人的力量再强二十倍，

只要我忠君效国，洁身自好，

他们就休想伤我一根毫毛。

你是想让我把你从这桩耻辱中解救出来吧？

唉，只怕你尚未洗脱罪嫌，

我便陷入违法乱纪的危险。

好内尔，你最管用的办法就是沉默不言；

我劝你平心静气忍上一阵，

这几天丢人现眼很快就会成为过眼烟云。

一传令官上

传令官 我奉圣谕前来宣召殿下前去出席

下月一日国王陛下在贝里[2]召开的议会。

格洛斯特 这件事此前怎么也不征求我的同意？

这其中一定有诈。好，我一准出席。——　　　　传令官下

我的内尔，就此别过了；郡长先生，

1　骚货：即玛格丽特王后。

2　贝里（Bury）：即贝里圣埃德蒙兹（Bury St Edmunds），萨福克一城镇。

	别让她的忏悔超过王上钦定的限期。
郡长	回禀殿下，我的任务到此为止，
	接下去将由约翰·斯坦利爵士
	奉旨将她送往马恩岛去。
格洛斯特	约翰爵士，我的夫人自此由你接管吗？
斯坦利	在下奉命行事，回禀殿下。
格洛斯特	我请你一路上对她多加照应，
	别反倒待她更凶；时来运转也说不定，
	我还有可能回报你好心待她的盛情。
	好吧，约翰爵士，告辞了！（欲走）
埃莉诺	怎么，走了，我的夫君，跟我不辞而别？
格洛斯特	你看我泪如雨下，哪儿还能开口说话。

格洛斯特及众家仆下

埃莉诺	你也去了？你这一去，全部慰藉也就去了，
	因为没有人与我厮守了。现在我只求一死。
	死神，往日我一听你的名字就恐惧，
	因为我原本希冀这一世能无休无止。
	斯坦利，我求你走吧，带我离开这里；
	到哪里去我都无所谓，我决不求怜惜；
	你奉命带我到哪里，就到哪里。
斯坦利	唉，夫人，我们要到马恩岛去，
	在那里您将得到合于您身份的待遇。
埃莉诺	那可就惨了，因为我浑身是罪；
	看来我是要受罪犯的待遇了吧？
斯坦利	合于公爵夫人、汉弗莱公爵夫人的身份；
	您将受到合于这样身份的待遇。
埃莉诺	郡长，再会了，愿你的命运胜过我，

虽然你刚刚牵着我当众受辱。

郡长　　卑职职责所在；夫人，还乞莫要见怪。

埃莉诺　　是，是，再会，你的职责尽到了头；

好啦，斯坦利，咱们这就走？

斯坦利　　夫人，您的公开忏悔做完了，丢掉这件忏悔服，

我们去给您换换装好准备上路。

埃莉诺　　丢得掉这块布，却丢不掉我的耻辱；

不，无论怎样装扮，即便换上最阔绰的衣服，

它都会粘在我身上随时向人显露。

走，前面带路；我渴望早点看看我的牢狱。　　　众人下

第 三 幕

第一场 / 第九景

贝里圣埃德蒙兹

奏仪仗号。国王亨利六世、王后玛格丽特、枢机主教、萨福克、约克、白金汉、索尔兹伯里与沃里克偕众侍从上至议会大厅

亨利六世　　　我纳闷格洛斯特贤卿怎么还没到；

　　　　　　　　他向来都不是最后一个上朝，

　　　　　　　　眼下不知什么事情拖住了他的脚。

玛格丽特王后　你看不出来吗？你没见

　　　　　　　　他的脸色已经变得很冷淡？

　　　　　　　　近来他变得多么傲慢无礼，

　　　　　　　　多么盛气凌人、不可一世，

　　　　　　　　哪儿还有半点从前的样子？

　　　　　　　　哀家记得他以前和蔼又平易，

　　　　　　　　只要哀家远远地瞥他一眼去，

　　　　　　　　他就会立即双膝跪地，

　　　　　　　　满朝都讶异他恭顺有礼。

　　　　　　　　可现在遇见他，哪怕是早间，

　　　　　　　　谁见了面都会问一声早安，

　　　　　　　　他却皱着眉头瞪着个怒眼，

　　　　　　　　走过去腿直挺挺的弯都不弯，

　　　　　　　　对哀家应有的礼数全抛一边。

　　　　　　　　小狗龇牙咧嘴可以视若无睹，

但狮子咆哮大人物也会战栗。
汉弗莱在英格兰可不是等闲之辈，
首先注意他和你出身差不多高贵，
一旦你倒下，下一个就该他上位。
考虑到他居心叵测、心怀不轨，
且能在你千秋后优先继位，
妾身以为陛下还让他左右伴随，
进入枢密院身居高位，
这实在算不得什么智慧。
他靠花言巧语博取了民众的欢心；
如果有朝一日他要犯上作乱，
只恐怕他们会群起响应。
现在还是春天，杂草扎根儿尚浅；
此时放任不管，将来会满园泛滥，
花草就会因疏于养护而气息奄奄。
妾身心系主公，这才觉察出了
公爵可能带给主公的这些危险。
如果这番话荒诞不经，就当是妇人之惧；
倘若有更好的理由可以打消我的忧虑，
我甘愿承认自己让公爵受了冤屈。
萨福克、白金汉和约克三位爵爷，
你们若能证明我所说失实，尽管指出；
否则你们就得同意我所言确凿无误。

萨福克　　王后陛下把这个公爵看得很透；
如果要卑职第一个说出自己的看法，
我想我会重述您刚才说过的那番话。
我以性命担保，公爵夫人是受了他的唆使，

才玩出那些呼神弄鬼的把戏；

就算他对那些勾当毫不知情，

他平日里自诩他有高贵血统，

大言不惭地说什么除了王上

他就是王位继承人之类的话，

也足以怂恿狂妄的公爵夫人

利用邪门歪道颠覆我们王上。

水流平缓之处河水恰恰很深；

他老实的外表下藏着叛逆之心。

狐狸想偷吃羊羔时决不会出声。——

（对国王亨利）不，不，我的君王，格洛斯特

是个难测高深、诡计多端的家伙。

枢机主教　　（对国王亨利）他不是违反法律规定，

为些小恶想出稀奇的死法？

约克　　（对国王亨利）他不是在护国公任上在全国横征暴敛，

名义上是为筹措驻法军队的军饷，

搜刮了巨额钱财却分文都未发放，

从而导致每天都有城镇发生叛乱？

白金汉　　啧，比起尚不为人知的罪过，这些都不足挂齿，

狡猾的汉弗莱公爵的罪行早晚会大白于天下。

亨利六世　　众位贤卿，一句话：你们对朕的挂意，

希望铲除可能会伤及朕双脚的荆棘，

值得嘉许；但是，朕凭良心说，

王叔格洛斯特决无加害朕躬之心，

其清白无辜堪与吃奶的羔羊

和驯良的鸠鸽相提并论；

公爵志行端方，宅心仁厚，禀性忠良，

绝对不会萌生恶念或者图谋我的覆亡。

玛格丽特王后　啊，还有比如此轻信别人更危险的事儿吗？

他像鸠鸽？他的羽毛一准儿是借来的，

因为他有的只是可恨的渡鸦般的本性。

他是羔羊？他的皮无疑是别人赁给他的，

因为他的心跟贪得无厌的豺狼一样。

居心叵测的人哪一个不善于乔装打扮？

当心啊，我的主公，铲除这个狡诈的骗徒

直接关系到我们大家的幸福。

萨默塞特上

萨默塞特　敬祝吾王陛下圣躬康泰！

亨利六世　欢迎，萨默塞特贤卿。法兰西那边有何消息？

萨默塞特　陛下在那片国土上的所有权益，

全已悉数失去；没有一丝剩余。

亨利六世　好寒心的消息，萨默塞特贤卿；不过天意难违。

约克　（旁白）这消息叫我才寒心呢；因为得到法兰西我原本有望，

就像我把肥沃的英格兰视为囊中之物一样。

就这样我的花儿尚在蕾中便遭了祸殃，

我的叶子也让毛毛虫吃了个精光；

这件事儿我一定要尽快加以救赎，

不然我就卖掉爵位换取一座体面的坟墓。

格洛斯特上

格洛斯特　敬祝吾王陛下洪福齐天！

还乞陛下恕罪，为臣迟到了这么长时间。

萨福克　不，格洛斯特，要知道你来得太早，

除非你比眼前的你更守效忠之道；

现在我以叛逆大罪将你就地逮捕。

格洛斯特	哼，萨福克，我被捕你看不到我脸红，
	也看不到我变色改容；
	没做亏心事儿，便不会轻易心惊。
	再纯净的泉水，也难免沾染烂泥，
	无法与我对王上的忠心贯日相比。
	谁能指控我？我的罪状在哪里？
约克	大人，有人认为你担任护国公期间，
	有接受法兰西贿赂、克扣军饷之嫌，
	致使国王陛下因此而失去了法兰西。
格洛斯特	不就是这么认为吗？是谁这么认为的？
	我从未侵吞过兵士们的薪饷，
	也从未接受过法兰西一文钱贿赂。
	上天垂鉴，为了大英社稷的利益，
	我哪天不是彻夜不眠、殚精竭虑？
	倘若我占了王上一丝半点儿便宜，
	倘若有半个铜子儿被我挪作私用，
	尽可以在我受审之日提出来指控！
	没有；倒是我从自己的财产当中
	提出了不少银两作为驻军的费用，
	而且从来没有要求过什么偿还，
	因为我不愿加重贫苦百姓的税务负担。
枢机主教	大人，你说了这么大一堆，辩解得真不赖！
格洛斯特	我说的不过是事实而已，上天明鉴！
约克	你担任护国公期间挖空心思想出
	前所未闻的处罚犯人的新奇酷刑，
	致使英格兰背上了暴虐的恶名。
格洛斯特	噫，众所周知，我任护国公期间，

我所有的过错就是过于心慈手软；
因为一见犯人落泪，我就心生恻隐，
哀哀求饶便能成为他们罪过的赎金；
除非是心狠手辣的杀人凶犯，
或拦路抢劫可怜行人的悍匪，
一般犯人我从不治他们应得之罪。
对于杀人，这凶残至极的罪孽，我确实
动用过超出重罪和其他罪行的大刑。

萨福克　　大人，这些过失可以轻易辩解过去；
可你还被控犯有更为严重的罪行，
只怕你不能轻而易举地洗脱干净。
我以国王陛下的名义逮捕你，
现在交与枢机主教大人监禁，
听候到时开庭受审。

亨利六世　　格洛斯特贤卿，我特别希望
你能将一切罪嫌洗刷干净，
我的良心告诉我你堂堂正正。

格洛斯特　　啊，圣明的王上，这年头儿世事凶险；
忠良为邪恶的野心窒息，
仁厚遭到恶毒之手排挤；
猖狂的教唆作恶大张其势，
公道在陛下的国土上无立足之地。
我知道他们阴谋取我性命；
我一死若可使岛内昌盛，
可结束他们的霸道横行，
这条老命甘愿拱手相送。
只怕我一死只是他们大戏的序曲；

再搭上千万个还没意识到要大难临头的人的性命，

也无济于结束他们精心策划的悲剧。

博福特红光闪闪的眼珠表明他心之歹毒；

萨福克阴沉的眉宇把他狂暴的仇恨透露；

刻薄的白金汉舌尖上倾倒出

他心头积压已久的满腔嫉妒；

还有心比天高、恣意妄为的约克，

我扯住了他伸得过长的胳膊，

于是想用莫须有的罪名加害于我。——

（对玛格丽特王后）而你，我的王后陛下，跟他们一伙，

平白无故把恶名扣在我的头上，

不遗余力地挑拨蛊惑

我最亲爱的王上与我为敌。

哼，你们沆瀣一气全都串通好了——

我亲眼见过你们不只一次偷偷集会——

全是想除掉我这条清白无辜的老命。

诬陷我你们不会缺人作伪证，

也不缺大量叛逆材料来加重我的罪名。

有一句古谚看来是要应验：

"打狗不愁找不到棍棒。"

枢机主教　　王上，他这样血口喷人叫人难以容忍。

如果那些忠心耿耿保卫圣躬

免遭逆贼叛臣明枪暗箭加害的人

这样遭人诋毁谩骂，

而罪人却可以信口雌黄、大发怪论，

那必会寒了他们对陛下的忠义之心。

萨福克　　　他刚才不是对我们王后陛下出言不逊，

	巧舌如簧地辱骂了一顿？
	好像是王后买通了什么人
	诬告他要搞得他裂名败身。
玛格丽特王后	我倒是能容忍输家骂上一通。
格洛斯特	这话实在是说到了点子上；不错，我是输了；
	赢家不得好死，因为他们对我耍了阴谋诡计，
	这样的输家自当有理鸣冤叫屈。
白金汉	他这样胡搅蛮缠要把我们耗在这里一整天，
	枢机主教大人，他可是你的囚犯。
枢机主教	来人哪，把公爵给我带走，严加看守。
格洛斯特	哎，亨利王双腿还支撑不起自己的身体，
	就这样早早地把自己的拐杖丢弃。
	您身边的牧羊人就这样让人赶走，
	嗥叫的群狼势必拿您第一个下口。
	唉，但愿我担心纯属多余；但愿如此；
	因为，亨利好王上，我怕您覆亡在即。　　格洛斯特被押下
亨利六世	众位贤卿，该做什么，不该做什么，
	全赖诸位费心，权当朕已亲临。
玛格丽特王后	怎么，陛下要离开议会了？
亨利六世	对，玛格丽特；悲伤淹没了我的心房，
	悲伤的洪水开始涌入我的眼眶；
	苦恼已将我的身体团团缠绕；
	还有什么比内心不安更让人难熬？——
	唉，汉弗莱叔父，在您的脸上，
	我能看出正直、诚实、忠诚的模样；
	可是，善良的汉弗莱，接下来
	我竟得证明您虚伪、怀疑您不忠。

也不知是哪颗灾星忌恨您的权柄，
使这些公卿重臣和王后玛格丽特
硬要想方设法谋害您无辜的性命？
您从未得罪过他们，也未让任何人受过冤枉；
他们残酷无情地将他带了下去，
就与屠夫拖走牛犊没什么两样：
捆绑得结结实实，不老实 [1] 还得挨抽，
最后把它拖进那血淋淋的屠宰场；
我自己就像那哞哞哀嚎着来回乱跑、
朝着自己无辜的幼犊离去的方向张望、
除了哀嚎痛失宝贝之外毫无办法的老母牛一样，
面对善良的格洛斯特的这桩案子，
我也只能徒洒酸泪、模糊着双眼
干望着，帮不上他半点儿忙；
他的这些死敌势力这么强。
我要为他的命运悲泣，哽咽声声里
我要说："谁是逆贼？格洛斯特他绝不是。"

偕白金汉、索尔兹伯里与沃里克下

玛格丽特王后 诸位尊贵的大人，艳阳高照寒雪就会消逝；
我的夫君亨利在大事上漠然置之，
不分善恶滥动恻隐，格洛斯特的样子
骗取了他的同情，正如淌泪的鳄鱼
装可怜诱吃软心肠的路人一样，

---

1 不老实（strays）：此处描述成问题（strays 意为"走失"——译者附注），因为牛犊被捆绑
着，除非是指脖子拴得不牢或牛圈关得不牢——该词之前的那个 and（和）更可能相当于 or
（或），因为亨利在罗列屠夫可能对牛犊做的事情；很多编者都将该词校勘为 strains（挣）。

又似盘在花丛中的蛇借着自己

鳞光熠熠的花皮咬伤见其艳丽

而误以为它是什么好东西的孩子一般。

相信我，诸位，若没有谁比我更有智慧——

不过在这件事上我觉得自己的见解不错——

这个格洛斯特必须赶快从这个世界铲除，

才好消除我们对他的恐惧。

枢机主教 　将他除掉这招儿是高；

只是我们还没有处死他的借口[1]。

依法判他死刑才是万全之策。

萨福克 　不过，依我之见，那不是什么上策：

国王还是会竭力保全他的性命，

百姓可能起事来挽救他的性命；

我们并没有要他命的充分理由，

只不过比胡乱猜疑略胜一筹。

约克 　听你这话的意思，是不想让他死了。

萨福克 　嘿，约克，谁会比我更欲置他于死地。

约克 　（旁白）更有理由置他于死地的是我约克。——

（高声）不过，枢机主教大人，还有你，萨福克大人，

请你们敞开心扉说句心里话；

安排饥肠辘辘的雕守护小鸡，

免得被饿着肚子的鸢捕食，

这与让汉弗莱公爵做王上的护国公又有何异？

玛格丽特王后 　所以，那可怜的小鸡只有死路一条。

1　借口：原文为 colour（英文中 die [死] 与 dye [染] 同音，"染"自然就离不开"颜色"；同时 colour 还与 collar [意即"绞刑吏手上的绞索"] 谐音双关）。

萨福克	娘娘所言极是；若不是昏了头，
	谁会把羊圈交与狐狸看守？
	一个被指控诡计多端的凶犯，
	因为他的企图尚未得遂如愿 [1]，
	其罪过就该傻乎乎放任不管？
	不；得让他死，他既然是一只狐狸，
	纵然他的嘴上尚未染上殷红的血迹，
	但其本性早已证明他是羊群的天敌；
	同理，我们可以证明汉弗莱是王上的敌人。
	至于怎样将他处死，不必拘泥于法律条文；
	无论是用陷阱，用罗网，还是用巧计，
	不管是睡时还是醒时下手，都没关系，
	只要弄死他就行；他先存骗人之心，
	我们先发制人，这既合理来又合情。
玛格丽特王后	顶顶尊贵的萨福克，说得斩钉截铁。
萨福克	算不上斩钉截铁，除非说到做到，
	因为人们往往是说的多而决意行动的少；
	不过，我既然认为此事乃无上之功，
	就绝对会心口如一，言出必行，
	为了保护我的主上不受敌人的欺凌，
	只消吩咐一声，我就扮神甫给他送终 [2]。
枢机主教	萨福克大人，只怕您还没当上神甫，
	我可能就已把他变成了一具僵尸；
	只要您表示同意，赞成这件事儿，

---

1 指因为他尚未行凶杀羊。
2 扮神甫给他送终：即干掉他。

	打发他上路，我自会安排人为之，
	我对王上的安危实在是时刻惦记。
萨福克	我举手为誓，此事值得为之。
玛格丽特王后	我看亦是如此。
约克	我也一样；现在我们三人既出此誓，
	谁再有异议也已无关大局。

一快马信使上

快马信使	列位大人，我从爱尔兰火速赶来
	报告列位那里的叛党已经起事作乱，
	拿英格兰人开刀问斩。
	列位大人，赶紧派援兵去镇压叛匪，
	免得伤入骨髓，弄得妙手春也难回；
	因为，叛乱初起，想挽救还来得及。
枢机主教	制止叛乱，刻不容缓！
	对于这一重大事件诸位有何高见？
约克	我看应派萨默塞特去那儿摄政：
	这种时候宜启用福将前去；
	瞧他在法兰西那会儿多有福气。[1]
萨默塞特	当年若是约克代我去摄政，
	就算他深谋远虑，足智多谋，
	也绝无可能在法兰西驻守那么久。
约克	对，绝无可能像你那样把法兰西丢了个干净，
	我宁可早早丢掉自己的性命，
	也不愿在那儿待上那么久，
	等到一切尽丢，背着耻辱往回溜。

---

1 约克此处是在说风凉话侮辱萨默塞特。

让我瞅瞅你身上哪里可留有伤痕：
皮肉如此完好无损之人实难得胜。

玛格丽特王后　不要吵了，这点火星上面若是再加些柴火，
经风一吹，势必变成一场熊熊的烈火；
别再说了，好约克；亲爱的萨默塞特，你也消停了。
约克，要是你当时在那里做摄政，
你的运气没准儿比他的还要稀松。

约克　什么，比全军覆没还不济？不，那就让大家都羞死！

萨默塞特　你这么恬不知耻，也该在羞死之列！

枢机主教　我的约克大人，试试你的运气看。
爱尔兰野蛮的轻步兵已兴兵作乱，
正在用英格兰人的鲜血浇润泥土，
你可愿率一支从各郡精选的队伍，
前往爱尔兰去与那些爱尔兰人
一较高低，试试自己的运气？

约克　我愿意，大人，只要王上降旨。

萨福克　嗨，我们的权力乃国王授予，
我们决定的事儿他必会同意；
所以，高贵的约克，这个任务你接手就是。

约克　我愿意效力；列位大人，给我调拨人马，
我去料理一下私事之后就出发。

萨福克　约克大人，这件事就由我来安排。
我们还是回头来说说狡诈的公爵汉弗莱。

枢机主教　别再谈他了；由我去对付他，
保管他再也不会搅扰我们大家；
就此散会吧；这一天眼看就要过去啦；
萨福克大人，你我再把那件事商量一下。

约克	我的萨福克大人，我希望十四天之内
	能在布里斯托尔见到我的人马到位，
	因为我要从那儿把他们运往爱尔兰。
萨福克	这事我保证办妥，我的约克大人。　　众人下，约克留场
约克	约克呀，此时不搏，更待何时？你要化忌惮为钢铁，

一改犹疑不定为果敢坚决；
想干就干吧，否则以目前的地位
束手待毙；这就是丢了也不足惜；
面如土灰的恐惧，且与贱人合污，
在高贵者的心中找不到藏身之处。
我心潮澎湃，比春日骤雨还急促，
每一个念头想的无不是道寡称孤。
我的脑子，比结网的蜘蛛还忙碌，
织着精致的罗网把我的敌人诱捕。
好，贵胄们，好；你们干得真巧妙，
给我一支队伍将我打发掉；
只怕你们不过是温暖了冻僵的蛇，
小心揣在怀里，等着它咬中你们心脏[1]。
我缺的就是人马，你们这就给我送上；
真是感激不尽。不过你们大可以放心，
你们将锋利的兵器塞进了狂人的手里。
等我在爱尔兰培养起一支强大的队伍，
我要在英格兰掀起一场黑色的暴风雨，
把千万个生灵刮进天堂或是地狱；

1　此处指农夫和蛇那则寓言故事：农夫将一条冻僵的蛇焐在自己的怀里，结果蛇苏醒后反倒咬了农夫。

这场翻江倒海的风暴将不停肆虐，
直到那顶金冕落到我的头上，
恰似那光芒万丈的缕缕阳光，
将这场狂乱掀起的怒潮平息。
为了找一个人来把我的意图实施，
我已经煽动一个刚愎的肯特小子，
阿什福德[1]的约翰·凯德，
打着约翰·摩提默[2]的大旗，
尽其所能地制造乱局。
在爱尔兰我曾目睹这个强悍的凯德
孤军奋战力斗一队轻步兵，
打了很久，到后来他腿上中了许多箭镞，
看上去好似一只浑身是刺的豪猪；
最后他获救之后，我看见他欢腾雀跃，
活像是在跳一种狂野的毛利斯舞，
摇动着血淋淋的箭，就像摇铃铛[3]一样。
他还常常披头散发装成灵巧的轻步兵，
混到敌人队伍中去刺探敌情，
又神不知鬼不觉地回到军中，
将敌方的诡计向我一一通禀。
我要叫这鬼家伙做我的傀儡；
因为他相貌、步态、言谈都酷似

1　阿什福德（Ashford）：肯特郡一镇，位于坎特伯雷（Canterbury）以南。
2　约翰·摩提默（John Mortimer）：和约克一样，来自摩提默家族，系爱德华三世（Edward III）
　　第三子克拉伦斯公爵莱昂内尔（Lionel, Duke of Clarence）之后，因而也有权要求继承王位。
3　铃铛：传统上系在舞者腿上。

早已死掉了的约翰·摩提默[1]。

用这个法子，我可以窥测百姓的心思，

了解他们对约克家族及其主张的反应。

万一他被擒获上了肢刑架，遭受拷打，

我清楚无论对他施用什么酷刑，

他们也休想让他供出是我鼓动他兴兵。

万一他得逞，他很有这个可能，

哼，那我就从爱尔兰率领大兵

将这坏蛋播种结出的果实收入囊中。

汉弗莱一死，他是必死无疑，

亨利一靠边儿站，下一个就轮到我登基。　　　　　　　下

第二场　　/　　第十景

两三个刺客刚刚将格洛斯特公爵汉弗莱杀害，绕台急跑而上

刺客甲　　快去萨福克大人那里；向他禀报

我们已经按他的命令把公爵干掉。

刺客乙　　唉，要没干就好了！我们干的这算什么事儿？

可曾听说过有人这么追悔莫及？

萨福克上

刺客甲　　大人过来了。

1　约翰·摩提默于 1424 年被处死。

萨福克	喂，二位，把那东西打发了吗？
刺客甲	打发了，大人，他死了。
萨福克	嗯，办得好。走，到我府上去；
	你们干了这桩险事，我有赏赐。
	王上和满朝大臣马上就要赶来。
	床铺整理好了没有？所有一切
	都按我的吩咐弄好了没有？
刺客甲	弄好了，大人。
萨福克	去吧！快走。 众刺客同下

号角齐鸣。国王亨利六世、王后玛格丽特、枢机主教、萨默塞特偕众侍从上

亨利六世	去宣朕的叔父立刻来见，
	就说朕今天要审问他老人家，
	看他是否像大家说的那样犯了王法。
萨福克	我这就去宣他，我高贵的陛下。 下
亨利六世	众位贤卿，请就座；我恳请各位
	不要刁难朕的叔父格洛斯特，
	要拿出确凿可信的真凭实据，
	才能证明他确实有违法之举。
玛格丽特王后	上帝不会让邪恶得遂，
	把一位无辜的贵族判为有罪；
	祈求上帝，但愿他能洗脱嫌疑！
亨利六世	谢谢你，玛格；这番话甚合我意。

萨福克上

	怎么啦？你为何脸色发白？身子发抖？
	朕的叔父呢？出了什么事，萨福克？
萨福克	死在床上了，陛下；格洛斯特死了。
玛格丽特王后	天哪，不会吧！

枢机主教	此乃上帝冥冥之中的裁决；昨夜 我梦见公爵哑了口，一句话也说不出来。

国王亨利六世晕厥

玛格丽特王后	我的主公怎么啦？——救人哪，众卿，王上驾崩啦！
萨默塞特	把他的身子扶起来；拧他的鼻子。
玛格丽特王后	快，去，来人，来人！噢，亨利，你睁开眼啊！
萨福克	他苏醒过来了；娘娘，别着急。
亨利六世	天上的上帝啊！
玛格丽特王后	我仁慈的主公好些了吗？
萨福克	宽心，我的主上；仁慈的亨利，宽心。
亨利六世	什么，是萨福克大人在叫我宽心？ 刚才他那一声渡鸦之啼 [1]， 阴郁得夺去了我生命的活力； 他以为现在像一只鸫鹨那样， 虚情假意地发出几声宽慰人的啁啾， 就能把先前听到的恶声驱走？ 休要用这般甜言蜜语来掩盖你的歹毒。 休要用你的手碰我；不许碰我，我说， 你碰我让我感觉好像被蛇咬一样恐怖。 你这个丧门星，滚开别叫我看见； 你的两颗眼珠子上凶光毕露， 杀气腾腾的样子简直吓死人。 休要望着我，因为你的眼睛能伤人； 算了，别走了；过来，你这个蛇怪 [2]，

1　渡鸦之啼：西方民间认为系不祥之兆、死亡之兆。
2　蛇怪（basilisk）：神话中的一种爬行动物，目光可以杀人。

　　　　　　用你的目光杀死我这注视你的无辜之人吧；
　　　　　　因为在死亡的阴影里我将得到快乐；
　　　　　　格洛斯特已死，生比死还加倍痛苦。
玛格丽特王后　你为什么要如此斥责萨福克大人？
　　　　　　虽然公爵生前与他为敌，
　　　　　　但他还是谨遵基督徒之礼哀悼他的薨逝；
　　　　　　就我自己而言，虽然他曾是我的仇人，
　　　　　　但是如果如泉的泪水，伤心的[1] 呻吟，
　　　　　　或是损血的叹息能使他回生还魂，
　　　　　　我情愿哭瞎双眼，呻吟出病身，
　　　　　　沥血叹息到脸色苍白如同报春，
　　　　　　不惜一切让这位高贵的公爵复活。
　　　　　　我怎能料到世人会怎样看我？
　　　　　　众所周知，我与他不过是泛泛之交；
　　　　　　没准儿有人会断定是我将公爵除掉。
　　　　　　这样的流言蜚语势必让我名声受损，
　　　　　　各国朝廷都将对我谴责纷纷；
　　　　　　他一死我落这么个下场；唉，我真不幸，
　　　　　　做了王后，头上却要背上这么个恶名！
亨利六世　唉，格洛斯特好可怜，叫我好不伤心！
玛格丽特王后　为我伤心吧，我比他更可怜。
　　　　　　怎么，你要转过脸去躲着我？
　　　　　　我又不是讨人嫌的麻风病人；看着我。
　　　　　　怎么，你也学蝰蛇变聋[2] 了吗？

1　伤心的：过去西方人认为，每呻吟或叹息一声都会让心失掉一滴血。
2　蝰蛇变聋：据说蝰蛇为了不听玩蛇人摆布，会用蛇尾堵住一耳，将另一耳贴在地上。

那就也变得有毒，咬死你遭冷落的王后。
莫非你的宽慰话全都关进了格洛斯特的坟墓？
看来，玛格丽特我从来就没博取到过你的欢心。
给他立一尊雕像，向他膜拜，
拿我的画像做一块酒店招牌。
我在海上险些儿葬身鱼腹，
两遇逆风差点儿从英格兰吹回故土，
难道就是为了这么个结局？
那是什么预兆，那灵验的风
确是警告我"别往蝎子窝边儿蹭，
不要踏足这片无情的国土"不成？
我当时怎么回应？反骂那好意的风
还有将风放出铜墙般风穴的神仙 [1]，
要它们吹向英格兰这幸福之岸，
不然就让我们转舵撞上可怕的礁岩。
可风神埃俄罗斯不肯充当杀人犯，
就把那可恨的差事留给了你来干。
那诡谲汹涌的大海不肯把我淹死，
因为它知道你薄情寡义，
会用咸如海水的眼泪将我在岸上溺毙。
那些锋利的礁石蜷伏在沉沙之中，
不肯用它们嶙峋的岩角撞碎我的船只，
因为你的铁石心肠比它们还硬，
可以在你的王宫里置玛格丽特于死地。

---

1 将风……的神仙：即希腊神话中的风神埃俄罗斯（Aeolus）；古典神话中，埃俄罗斯所居之
  岛四周筑有铜墙。

我远远地依稀看见了你的白垩峭壁，

却又被风暴从你的海岸拍打了回去，

我顶风冒雨在甲板上伫立；

阴霾的天色遮断了我殷切的双目，

让我看不见你的国土，

我便从颈上摘下一件贵重的饰物——

一条心形项链，上面镶满了钻石——

朝你的国土抛去。大海笑纳了它，

真希望你的身体也能将我的心接纳；

抬望眼，不见了风光旖旎的英格兰，

我恨不能叫双眼随那颗心[1]一同消逝，

看不见我向往的阿尔比恩海岸，

我便管自己的眼睛叫又瞎又昏的物件。

萨福克，代理着你的薄情寡义，

曾多少次经不住我姿色的诱惑，

坐下来鼓动他的巧舌迷惑我！

和阿斯卡尼俄斯[2]对痴情的狄多

讲述父亲在特洛伊大火中的事迹如出一辙。

我不也像她受了迷惑？你不也似他情薄？

唉，我说不下去了；死了算了，坞格丽特，

你老不死，害得亨利都伤心掉泪了。

幕内喧哗声。沃里克、索尔兹伯里及众百姓上

1　心：即那条镶有钻石的心形项链（喻指"深情，欲望"）。

2　阿斯卡尼俄斯（Ascanius）：埃涅阿斯之子，丘比特（Cupid）曾假扮成其模样给狄多（Dido）
　　讲述埃涅阿斯在特洛伊之战中的英勇事迹，令狄多动心，爱上其父；埃涅阿斯回应了狄多的
　　深情，但最终遗弃了她。

沃里克	伟大的君王，据报告，
	善良的汉弗莱公爵叫人谋害了，
	主使是萨福克和枢机主教博福特。
	老百姓像没了蜂王的蜂群般愤怒，
	正炸了锅似的到处穷飞乱舞，
	为了替他报仇，他们逮谁蜇谁。
	微臣已安抚了他们气急败坏的骚乱，
	让他们弄清了公爵的死因之后再说。
亨利六世	他是死了，好沃里克，此事千真万确；
	他是怎样死的，上帝知道，亨利不晓；
	去他的寝室，验看一下他绝气的尸体，
	回头给我说说他为何如此突然死去。
沃里克	微臣遵旨，陛下。——您留下，索尔兹伯里，
	看好这些粗野的群众，等我回来。

沃里克、索尔兹伯里及众百姓同下

亨利六世	啊，裁判一切的上帝，请阻止我的想法；
	我的想法竭力说服我的心灵相信
	是某些毒手夺去了汉弗莱的性命；
	如果我怀疑错误，还乞上帝宽恕，
	因为只有您才能把是非公断作出。
	我愿意用两万个热吻，
	去温暖他苍白的双唇，
	在他的脸上洒上铺天盖地的咸泪，
	向他那聋哑之躯倾诉我的敬爱之心；
	用我的指头抚摸他没了知觉的手。
	但这些无聊的悼念一点用也没有；（推上一张床）
	而且前去瞻仰他的遗体，

除了徒增悲伤又有何益？

沃里克上，掀开床单，露出格洛斯特的遗体

沃里克　　　仁慈的君王，请您过来看看这遗体。

亨利六世　　那无异于去看自己坟墓的深度，

　　　　　　　我尘世上的慰藉全都随他的灵魂逝去，

　　　　　　　看见他，我就看见了自己死去的样子。

沃里克　　　我的灵魂真真切切地期望能够

　　　　　　　永远伴在代我们受过，使我们免受

　　　　　　　天父怒责的威仪万方的救世主左右，

　　　　　　　我也同样真真切切地相信

　　　　　　　声誉卓著的公爵是身遭毒手把命丢。

萨福克　　　好一句吓人的誓言，说得一本正经；

　　　　　　　可沃里克大人拿什么来证明？

沃里克　　　看看那凝结在他脸上的淤血。

　　　　　　　寿终正寝者的尸首我见过不少，

　　　　　　　面部发灰，瘦削苍白，毫无血色，

　　　　　　　血都流到了苦苦挣扎的心里，

　　　　　　　心脏在与死神搏斗之时，

　　　　　　　将血吸进去帮助自己御敌，

　　　　　　　血便与心一起在那儿冷凝，

　　　　　　　再也无法回流使面颊润红。

　　　　　　　但是且看，他脸色发黑、满是淤血；

　　　　　　　他的眼珠比活着时还要外凸，

　　　　　　　像被勒死的人那样怒睁双目；

　　　　　　　他头发倒竖，鼻孔因挣扎绷得老大；

　　　　　　　他双手外伸，分明不甘束手待毙，

　　　　　　　最后才被人用暴力所制服。

　　　　　　　你们看，床单上还粘着他的头发，
　　　　　　　他整齐的胡须被弄得凌乱不堪，
　　　　　　　就像被暴风雨打倒的夏麦一般。
　　　　　　　这只能说明他就是在这里遇害的，
　　　　　　　这些迹象中最不起眼的也足资证明。

萨福克　　　哎哟，沃里克，谁会把公爵害死呢？
　　　　　　　本人和博福特负责看管他，
　　　　　　　大人，我想我们总不至于是凶手吧。

沃里克　　　可你俩都是汉弗莱公爵的死对头，
　　　　　　　你嘛，没错儿，善良的公爵是由你看守，
　　　　　　　只是你待他未必像款待朋友，
　　　　　　　很显然他是遇上了自己的宿仇。

玛格丽特王后　看来，你是怀疑这两位贵胄
　　　　　　　是汉弗莱公爵横死的罪魁祸首。

沃里克　　　谁见了小母牛倒毙，鲜血直流，
　　　　　　　又眼见旁边有一屠夫手里握着斧头，
　　　　　　　不会疑心他就是杀牛的凶手？
　　　　　　　如果在鸢巢里发现了鹧鸪，
　　　　　　　就算那鸢展翅翱翔，嘴上并无血污，
　　　　　　　鹧鸪究竟怎么死的谁又会猜想不出？
　　　　　　　这一场悲剧显然也是同样可疑。

玛格丽特王后　你是屠夫吗，萨福克？你的刀子在哪里？
　　　　　　　你管博福特叫鸢吗？他的爪子在哪里？

萨福克　　　我从来就不带杀熟睡人的刀子；
　　　　　　　复仇剑倒有一柄，闲放着都生了锈，
　　　　　　　今天正好用他血口喷人、诬陷我犯有
　　　　　　　杀人罪的恶毒胸膛来将它擦拭一新。

傲慢的沃里克大人，你有种的话，

就说汉弗莱公爵之死是我干的吧。

枢机主教与萨默塞特同下

沃里克　　虚伪的萨福克激我，我沃里克有何不敢？

玛格丽特王后　就算萨福克激他两万次，

他也不敢抑制自己的骄矜之气，

收起他那放肆的诬蔑诽谤之词。

沃里克　　娘娘，您别多嘴；我敬劝您，

您替他说的每一句话，

都有损您王后的身份。

萨福克　　愚鲁的爵爷，真没有风度，

世上竟有如此对不起夫君的贵妇，

像你老娘那样将一个粗鲁的村夫

弄上自己龌龊的床笫；在高贵的树干上

嫁接一根沙果枝，结出你这么个野种，

根本就不是内维尔这个名门的正宗。

沃里克　　要不是有杀人的死罪护着你，

让我不便去抢刽子手的生意，

那反倒会让你免受万人唾弃；

要不是王上面前我不便放肆，

虚伪凶残的懦夫，我定让你

为你方才那番言语讨饶屈膝，

承认那些话说的是你自己的老娘，

承认你自己才是个私生的野杂种；

等你完成这一番屈膝求饶，

	再给你犒劳[1]，把你的灵魂送进地狱，
	你这个趁人熟睡伤天害命的吸血鬼！
萨福克	只要你敢跟我从这里一起出去，
	我定会在你醒着的时候叫你流血。
沃里克	现在就去，不然我就把你拖出去；
	尽管和我交手你不配，我不妨将就你一回，
	也算是给汉弗莱公爵的在天之灵一点安慰。

萨福克与沃里克同下

亨利六世	什么胸甲会比无瑕的心更为强大？
	理直气壮的人无异于披了三重坚甲，
	问心有愧、天良丧尽的人纵然
	浑身披钢裹铁[2]，也如同赤身裸体一般。
	（幕内喧哗声）
玛格丽特王后	这喧嚣声是怎么回事儿？

萨福克与沃里克上，双方拔剑相向

亨利六世	噫，怎么啦，二位贤卿？本王面前
	你们公然怒剑相向？[3] 怎敢这般放肆？
	喂，是些什么人在这里吵吵嚷嚷？
萨福克	伟大的主上，是叛贼沃里克
	率贝里人前来围攻我。

索尔兹伯里从幕内百姓中走出，上

| **索尔兹伯里** | （对众百姓）诸位，别过来；你们的想法我会奏明王上。—— |
| | （对亨利国王）威严的主公，百姓们要我转奏陛下， |

---

1 犒劳：即死亡。
2 披钢裹铁：即穿戴盔甲。
3 在国王面前拔剑是犯禁的行为。

若不将萨福克大人即行处死，
或者逐出美丽的英格兰国土，
他们就把他从您的王宫里强行拖出，
再用酷刑将他慢慢地折磨死。
他们说，善良的汉弗莱公爵乃他所害；
他们说，他们担心陛下也遭他的暗算；
他们如此执意要求将他放逐，
纯然出于忠君爱主的天性，
丝毫不存顽固的相反意图，
绝不是要与陛下过意不去。
他们说，即使陛下有意安睡，
不准有人惊扰，否则圣躬不悦，
定严惩不贷，甚或处以死刑，
尽管陛下有如此严旨，
但假若他们眼睁睁看见
一条吐着叉形信子的毒蛇
正悄悄地逼近陛下身边，
那么，为了陛下圣躬安全起见，
就非得将陛下惊醒不可，
以免您在险象环生的沉梦中遭罪，
到头来被那条恶虫害得从此长睡。
所以尽管您严禁，他们也要大声疾呼，
不管您愿意与否，他们也要把您保护，
不受虚伪的萨福克之流的毒蛇伤害，
他们说，他那致命的毒牙已经夺去了您
敬爱的叔父，比他强二十倍的人的性命。

百姓　　（幕内）请王上答复我们，索尔兹伯里大人！

萨福克	要说平头百姓，粗鲁的泥腿子，
	向王上提出这样的要求倒还说得过去；
	可是没想到您，我的大人，居然也乐意
	充当他们的传声筒，借此炫耀一番口才；
	不过索尔兹伯里所赢得的全部荣誉，
	不过是替一帮修锅补碗的匠人
	充当了一回觐见王上的使臣。
百姓	（幕内）请王上答复我们，不然我们就闯进去。
亨利六世	去，索尔兹伯里，代我转告他们，
	我感激他们对我的深切关怀；
	即便他们不来向我提出敦求，
	我本来也决意按他们的请求去做；
	因为我确实早就料到由于萨福克
	从中作祟，我随时都有性命之危。
	因此，我谨向上帝起誓，作为上帝
	在尘世上的一个很不称职的代牧，
	我决不容他再在我们的空气里散发毒素，
	限他三天之后离开本土，违则处死。　索尔兹伯里下
玛格丽特王后	亨利呀，请容我为温柔的萨福克求个情。
亨利六世	不温不柔的王后，竟称他为温柔的萨福克。
	别再说了，我说；如果你真为他求情，
	那你只能是在往我的怒火上浇油。
	我一言既出，就要谨遵信守；
	况我对天发誓，更是成命难收；
	三天之后，如果发现你还在我治下
	土地上逗留，就是用整个世界作赎金，
	你也休想赎回你那条小命。

来，沃里克，来，沃里克贤卿，跟我来；
我有重要的事情要向你交代。

众人下，玛格丽特王后与萨福克留场

玛格丽特王后　愿灾殃和悲愁跟在你们左右！
愿内心的烦恼和无边的痛苦
做你们的伙伴陪在你们身边！
有了你俩，再叫魔鬼凑成仨，
叫你们走到哪儿都遭到三重的报复。

萨福克　温柔的王后，请你不要这样咒骂了，
请容许你的萨福克沉痛地告别吧。

玛格丽特王后　呸，懦弱的女人，软心肠的东西！
你连咒骂你敌人的勇气都没了吗？

萨福克　他们那帮遭瘟的！我为什么要咒骂他们？
要是咒骂能像曼陀罗[1]的呻吟一样
置人于死地，那我就想出恶毒、刺耳、
听了叫人毛骨悚然的尖酸刻薄的言辞，
让它们从我这紧咬着的牙缝里迸出去，
带着龌龊洞窟里那个面容消瘦的妒神
所表现出的种种入骨的仇恨。
我的舌头由于言急辞切而磕磕绊绊；
我的双眼像撞击燧石一样火星直迸；
我的头发像狂怒的人一样根根倒竖；
对，我周身关节都好似在咒骂不迭；
若不臭骂他们一顿，我备受重压的心
马上就要迸裂。愿他们喝的是毒药！

1　曼陀罗：一种叉状根部似人形的植物；传说被连根拔起时会尖叫，凡听到尖叫声者非死即疯。

胆汁，比胆汁还苦的东西成为他们品味的佳肴；
他们最舒适的荫庇之所有那森森柏树环绕；
他们最主要的观瞻之物便是那夺命的蛇妖；
他们摸到的最柔软的东西似毒蜥的毒刺般尖利；
他们的音乐像毒蛇的咝咝声一样让人发怵，
叫那些不祥的角鸮给他们的乐团凑足人数！
愿阴森森的地狱里所有暴戾的恐怖——

玛格丽特王后　够了，亲爱的萨福克，你这是折磨自己，
这些恶毒的诅咒，就像太阳照上镜子会反射，
或者说像枪炮装药过多，势必后坐，
把它们的威力反冲到你自己身上。

萨福克　你刚才叫我咒骂，现在又要叫我住口了？
凭着我就要遭放逐而离去的国土起誓，
即便赤身裸体站在寒风刺骨、
寸草不生、冰天雪地的山巅，
我也完全可以在数九寒天骂他个通夜不倦，
而仅仅看作不过是短暂的消遣。

玛格丽特王后　啊，我恳求你打住；把你的手伸给我，
让我用悲伤的泪水给它洒上滋润的雨露；
不要让天上的雨水弄湿了这块地方，
以免毁了我给你的这伤心的念想儿。（吻他手）
啊，愿这一吻能深深地印在你的手心，
以便你日后见到它能想起这两片樱唇，
为了你，它们曾发出过千万次的叹息。
你这就去吧，好让我把悲伤的滋味品尝；
因为有你在身旁，一切都只能是假想，
恰如饱汉对饿汉之饥只能凭想象一样。

我要把你召回，若不然，你大可释念，
我不惜铤而走险让自己也被放逐算完；
没有了你，我也就与被放逐无异。
去吧，不用跟我说什么；现在就走。
噢，先别走。让我们这一对为人不齿的
老相好拥抱，亲吻，作千万次的惜别，
生离比死别还要百倍地令人难堪不舍；
可是，只得再会了，与你作此生离别。

萨福克 这样，可怜的萨福克就等于被放逐了十次：
国王降旨放逐了我一次，你放逐了我九次。
你若不在这里，我哪里会留恋这片国土；
只要萨福克有你这样天仙一般的伴侣，
纵然是旷野蛮荒，也一样是热闹非常；
因为你在哪里，哪里就是整个世界，
世上各种各样的快乐哪样也都不缺；
你不在的地方，都是一片荒凉景象。
我说不下去了；愿你生活美满如意；
我自己除了知道你活着，便再没有快乐。

沃克斯上

玛格丽特王后 沃克斯这么匆忙要去哪里？请问，有什么消息？
沃克斯 去禀报王上陛下得知
枢机主教博福特已是濒死之躯；
他突然得了严重的急症，气喘吁吁，
两眼发直，有上气没有下气，
口里不干不净亵渎上帝，咒骂世人。
他一会儿说胡话，好像是汉弗莱公爵的鬼魄
在他身边儿；一会儿又呼唤王上，

对着枕头低声耳语，好像在向王上

倾吐积压在他心头的秘密；

我奉派前去禀告王上陛下

眼下他还一个劲儿地呼唤着他。

玛格丽特王后　去把这沉痛的消息禀告王上吧。　　　　　沃克斯下

哎呀！这是什么世道？这是些什么消息？

可我何以要撇下我的心肝儿萨福克被放逐不提，

倒去为一个活到头的家伙奄奄一息而伤心哭泣？

萨福克哟，我怎能不单单为你而伤心，

与南方飘来的朵朵乌云比赛倾洒泪水？ [1]

它们的泪水是为万物生长，我的是为发泄哀伤。

你快离开这里；你清楚，王上就要来了；

他若发现你我在一起，你是必死无疑。

萨福克　如果离开了你，我就活不下去；

就在你眼前死 [2]，这岂不正像

在你腿 [3] 上痛痛快快睡上一场？

在这里我可以用呼吸将灵魂呼到空气中去，

就像摇篮中的婴孩双唇衔着母亲的乳头

安详而从容地死去。

若不死在你的眼前，我准会发疯，

喊着叫着要你来替我合上眼睛，

要你用你的樱唇来堵住我的嘴，

（吻她）不是你将我出窍的灵魂堵截回来，

1　过去西方人认为雨主要来自南方。

2　死：暗指"性高潮"。

3　腿：暗指"阴道"。

便是我将我的灵魂吹进你的体内，

这样它也就住进了甜蜜的极乐福地 [1]。

死在你身旁，不过是快活而死；

离开你而死，比死还要折磨人。

啊，让我留下吧，任他天塌地陷！

玛格丽特王后 走吧；尽管别离这一帖药太猛，

但医治致命的创伤还必须得用。

亲爱的萨福克，到法兰西去；常写信给我；

无论你流落到这世界上的哪个角落，

我都会打发一位艾瑞丝 [2] 去把你找到。

萨福克 我走了。

玛格丽特王后 （吻他）把我的心也一块儿带走。

萨福克 一件珠宝，锁进了一个最最寒碜、

不曾装过一件值钱物件的匣子；

像一条破成两半的船，我们就这样分离；

我从这边走向死亡。

玛格丽特王后 我从这边走。

分头下

---

1 极乐福地（Elysium）：希腊神话中的天堂。

2 艾瑞丝（Iris）：希腊神话中的彩虹女神，亦是众神之后朱诺（Juno，应为赫拉 [Hera]，朱诺
系其在罗马神话中的名字——译者附注）的信使（喻指"虹膜"，眼睛的一部分）。

第三场 / 第十一景

枢机主教卧室

国王亨利六世、索尔兹伯里与沃里克上，至枢机主教卧榻前

亨利六世　　贤卿好些了吗？跟你的王上说说，博福特。

枢机主教　　如果您是死神，我愿把英格兰的财富给您，

包您再买下一个和英格兰一般大小的岛屿，

只求您让我好端端地活下去，不受任何痛苦。

亨利六世　　啊，见到死神来临竟如此惊恐，

可见他这辈子的罪孽是何等深重。

沃里克　　博福特，跟你说话的是你的主上。

枢机主教　　想要审判我，就带我去受审好了。

他[1]不是死在自己床上的吗？他该死在哪里？

不管人家自己想不想活，我能让他们活吗？

哎哟，别再拷打我了，我愿意招供。

又活过来了？那让我看看他在哪里；

我愿意出上一千镑，瞅瞅他的模样。

他没有了眼睛，已让尘土[2]蒙上失明。

把他的头发梳平；瞧，瞧，根根支棱，

像是涂胶的树枝[3]要粘住我长了翅膀的魂灵。

给我点儿喝的，叫那个开药铺的

把我从他那儿买的烈性毒药拿来。

1　他：即格洛斯特。

2　尘土：即芸芸众生的最后归宿。

3　涂胶的树枝：涂有鸟胶的树枝，用于捕鸟。

亨利六世	啊，你这天体永恒的推动者哟，
	请用慈祥的目光瞧一瞧这个可怜虫；
	噢，撵走那个好惹是生非的害人精，
	它正牢牢地围困这个可怜虫的魂灵，
	从他心头将这阴郁的绝望清除干净。
沃里克	瞧，垂死的痛苦直把他折磨得龇牙咧嘴。
索尔兹伯里	别惊扰他；让他平静地离去吧。
亨利六世	如果上帝恩准，愿他的灵魂得到安宁。
	枢机主教大人，如果你想得到天堂的幸福，
	就把手举起来，表示一下你的愿望。（枢机主教咽气）
	他死了，没有任何表示；啊，上帝，宽恕他吧。
沃里克	死得这样惨，足以证明他一生作恶多端。
亨利六世	勿下论断，我们大家都是罪人。
	把他的眼睛合上，将帐子拉拢，
	咱们大家都去反省反省。 众人下

第四幕

第一场 / 第十二景

肯特海岸

警号。海战。炮声隆隆。一海军上尉、一领航长、一副领航长、沃尔特·惠特莫尔上；他们的俘虏乔装改扮的萨福克与二绅士等随上

海军上尉　　阳光明丽、暴露隐秘、悲天悯人的白天

已经悄悄钻进了大海的怀抱；

现在狂噪的群狼已经把替阴惨的黑夜之神

拉车卖力的恶龙们[1]惊醒，

恶龙们用它们懒散、迟钝、下垂的翅膀

掠过死人的坟墓，从雾气腾腾的嘴巴里

向空气中喷出乌烟瘴气。

所以把缴获的船上的兵士带上来，

趁我们的双桅船在唐斯[2]停泊时，

叫他们在沙滩上缴纳赎命钱，

否则就叫他们血溅当场染红海岸。

（指着绅士甲）领航长，这个俘虏我无偿赠送给你，

（指着绅士乙）你身为副领航长，这个送与你作为礼物，

（指着萨福克）剩下这个，沃尔特·惠特莫尔，就归你了。

绅士甲　　（对领航长）我的赎金是多少，领航长？给我交个底儿。

1　恶龙们：希腊神话中替黑夜女神赫卡忒（Hecate）拉车的龙。
2　唐斯（Downs）：肯特海岸外一锚泊处。

领航长	一千克朗，否则就叫你人头落地。
副领航长	（对绅士乙）你也得付同样的数，否则你的脑袋也保不住。
海军上尉	（对二绅士）怎么，你们挂着绅士的衔儿，端着绅士的派头， 要你们出两千克朗还嫌太多？
惠特莫尔	割断这两个混蛋的喉咙，叫你们死定； 我们在战场上损失了那么多条命， 岂是这么一点点儿小钱就能偿清！
绅士甲	（对领航长）我愿意出，长官，就饶我一条命吧。
绅士乙	（对副领航长）我也愿意出，我这就给家里写信要钱。
惠特莫尔	（对萨福克）我登上俘船时损失了一只眼睛， 所以为报此仇，一定要处死你， 要依我的意思，这两个家伙也该死。
海军上尉	别这样使性子；收取赎金，留他一条活命。
萨福克	瞧瞧我的乔治勋章[1]；我乃一名绅士； 不管你要我出多少钱，我都会如数照付。
惠特莫尔	我也是绅士；我叫沃尔特[2]·惠特莫尔。 怎么啦？你干吗吓了一跳？怎么，让死神吓坏了？
萨福克	是让你的名字吓坏了，听到它就是一死。 有个大师替我掐算过生辰， 他告诉我，说我命里犯水； 不过你不要听了这话就起歹心； 你的名字，正确念法应是戈尔捷。
惠特莫尔	戈尔捷也好，沃尔特也罢，俺都不在乎。

---

1 乔治勋章：英格兰主保圣人圣乔治的徽章；嘉德勋位（Order of the Garter）徽章的一部分。

2 沃尔特：原文为 Walter，发音似 water（水）。——原注；以下数行中译作了适当变通，利用"沃"字带水这一点进行了再创造。——译者附注

不等下三滥的玩意儿将俺的名字玷污，
俺剑只消一挥，就可以将那污点铲除。
所以，俺要是像生意人拿几个钱儿就不再报冤，
就让俺的剑折成两段，让俺的盾徽被弄得稀烂，
向普天下人宣布俺是一个懦夫软蛋。

萨福克　　且慢，惠特莫尔，你的俘虏乃是一位贵胄，
萨福克公爵，威廉·德拉波尔。

惠特莫尔　　萨福克公爵穿这么一身破烂儿？

萨福克　　对，不过这身破烂儿公爵也是暂时穿穿；
乔武 [1] 有时都乔装改扮，我怎么就不能改头换面？

海军上尉　　可乔武从未遭人杀头，而你却免不了一刀，
满身虱子的贩夫走卒，亨利王的血！

萨福克　　堂堂兰开斯特家族的血，
岂能让如此下贱的马夫来溅洒；
你不是毕恭毕敬地为我捧过马镫吗？
你不是光着脑袋 [2] 在我披着马饰的骡子 [3] 边儿咚咚地走，
我点个头你都觉得受宠若惊吗？
我与玛格丽特王后享用盛宴时，
你不是无数次地替我来执杯把盏，
跪在餐桌跟前，等着吃我的饭 [4] ？
好好回想回想，恢复你的奴才样。

1　乔武（Jove）：即朱庇特（Jupiter），罗马众神之王。
2　光着脑袋：仆人不戴帽子，以示对主人的敬重。
3　披着马饰的骡子：原文为 foot-cloth mule，可有两解：一是驮运贵族马衣的骡子；二是披着
　　贵族马衣的骡子。
4　等着吃我的饭：原文为 Fed from my trencher，可有两解：一是替我先尝尝味道；二是靠我家
　　养活。

对，煞一煞你这嚣张的骄矜气焰；
当初你是怎样站在某家的前厅，
毕恭毕敬地迎候我的大驾出动？
我这只当年曾给你写过举荐信的手，
今天要用来降服你信口胡诌的舌头。

惠特莫尔 你说，上尉，我该不该把这个可怜虫[1]一刀给捅了？

海军上尉 先让我用话来捅他一通，就像他刚才对我那样。

萨福克 下贱的奴才，你的话钝，人也钝。

海军上尉 把他押下去，带到我们的舢板边上，
一刀砍掉他的脑袋。

萨福克 要保住你自己的，你就不敢。

海军上尉 潽洱——

萨福克 波尔？[2]

海军上尉 对，破阴沟，污水坑，臭水槽，那些污秽
把英格兰人饮用的清泉都污染了；
现在我要堵住你这张咧着的豁嘴，
叫它再也别想侵吞我们国家的财富。
你亲过王后的嘴皮子，这回要去扫地，
看到善良的汉弗莱公爵死，你曾面露笑意，
现在叫你面对无情的冷风鄙夷地飕飕抽打
只能无可奈何地龇牙咧嘴。
你胆敢撮合一位至高无上的君王

---

1 可怜虫：兼具"可怜的家伙"、"被（玛格丽特王后）遗弃的情人"之意（惠特莫尔抑或只是在嘲笑萨福克唠叨了半天的主仆关系）。

2 萨福克对地位卑下的人直呼其姓 Pole 表示不快；下句话中，海军上尉直接将 Pole 说成了与之谐音的 pool（水塘）。

与一个既无臣民、财产又无王冕，

一无是处的国王的女儿缔结姻缘[1]，

且叫你去与阴司里的丑婆子[2]成欢。

你靠耍阴谋、施诡计一步步爬上高位，

和野心勃勃的苏拉[3]一样，若不是吞噬

母亲[4]滴血的心脏，哪能这般大腹鼓胀？

安茹和曼恩都让你出卖给了法兰西。

狡诈不忠的诺曼人由于你的唆使，

不屑于向我们臣服，而且皮卡第[5]

还杀了好几任总督，偷袭咱们的要塞，

害得褴褛的兵士遍体鳞伤地逃了回来。

高贵的沃里克，以及内维尔整个家族，

他们寒光闪闪的利剑从不会白白拔出，

眼下由于憎恨你，也起事树起了反旗；

更有约克家族，由于一位无辜

国王惨遭杀害[6]之后王位被夺去，

继而受到骄横跋扈的压制排挤，

现在也燃起复仇怒火，举起希望大旗，

上面绣着穿云破雾的半面太阳[7]，

1　至高无上的君王……缔结姻缘：即亨利六世娶玛格丽特为后一事。

2　阴司里的丑婆子：古典神话中的复仇三女神。

3　苏拉（Sylla，又作 Sulla，公元前 138—前 78）：古罗马臭名昭著的残酷独裁者，曾开列了一份敌人名单，要将他们杀死。

4　母亲：指祖国。

5　皮卡第（Picardy）：法国北部一大区。

6　一位无辜国王惨遭杀害：即波林勃洛克（Bullingbrook，即亨利四世）废黜理查二世，建立兰开斯特王朝一事。

7　半面太阳：爱德华三世与理查二世的徽记，由阳光从云彩上方射出构成。

	大旗下面赫然写着"任凭乌云遮挡"[1]。
	肯特郡这里的老百姓们也揭竿起兵，
	总而言之一句话，荒淫和贫困已经
	悄无声息地侵入了我们王上的宫廷，
	这都是你一手造成。——滚！把他押下去。
萨福克	啊，我恨不能成为天神，雷劈[2]
	这些卑鄙、下贱、可耻的狗东西；
	小人哪怕是稍稍得志也会趾高气扬。
	这个混蛋只不过是一个屁大的舰长，
	口气居然比伊利里亚大海盗巴格勒斯[3]还嚣张。
	雄蜂休想吸大雕的血，只能霸占蜂房；[4]
	要我死在你这样的贱奴手中，
	你白日做梦，没有半点可能。
	你的话只能惹我动怒，休想让我自责；
	我乃王后派往法兰西去的使者；
	我命令你把我安全地送过海峡。
海军上尉	沃尔特——
惠特莫尔	得啦，萨福克，我得送你回老家。
萨福克	吓得我四肢都要冰凉了[5]；我怕的就是你。
惠特莫尔	我丢下你之前，会让你好好怕一怕。

1　"任凭乌云遮挡"：原文为拉丁文 *Invitis nubibus*。

2　天神，雷劈：传说罗马众神之王乔武（即朱庇特）有一样武器即是霹雳。

3　巴格勒斯（Bargulus）：西塞罗（Cicero）的《论义务》（*De Officiis*）中提到过的一个海盗。《论义务》系伊丽莎白时代学校的标准课本。

4　过去西方人认为，不工作的雄蜂（其唯一用途即为让蜂后受孕）吃其他蜜蜂酿的蜜；还有一个看法也同样不准确，即甲虫吮吸雕的血。

5　此处原文为拉丁文：*Paene gelidus timor occupat artus*。

	怎么，现在你怂了？愿意低头求饶了吧？
绅士甲	我仁慈的爵爷，求求他，跟他说几句好话。
萨福克	我萨福克至尊的舌头根子生得坚硬，
	惯于发号施令，没有学过讨饶求情。
	寡人[1]切不可低声下气讨饶来抬举他们，
	不，我宁可将自己的头颅送上断头台，
	也绝不会向上帝和王上之外的任何人
	卑躬屈膝；我宁可让自己的头颅
	挑在血淋淋的杆头[2]，也决不在这些
	凡夫俗子的面前免冠肃立。
	真正的贵胄从不知道什么是畏惧。
	只要你们做得出，我就承受得住。
海军上尉	把他拖下去，别让他再胡说八道了。
萨福克	来呀，兵士们，尽管使出你们残酷的招数，
	这样我的死才能够被世人永远记住。
	伟人们往往死于卑鄙无赖的小人手里：
	古罗马的一个亡命斗士杀害了雄辩的图利[3]；
	布鲁图那个杂种[4]的手刺杀了
	尤力乌斯·凯撒；野蛮的岛民杀死了

1　寡人：萨福克此处使用了君主用于自称的代词。

2　血淋淋的杆头（bloody pole）：过去，逆贼的首级被挑在尖桩上在伦敦桥上示众；pole（杆）与萨福克的姓谐音双关。

3　图利（Tully）：即西塞罗，公元前一世纪古罗马著名演说家、政治家；事实上，西塞罗死于一名百夫长和一名保民官之手，不过托马斯·纳什认为他是被"奴隶们"谋杀的。

4　布鲁图（Brutus）那个杂种：谣传布鲁图系尤力乌斯·凯撒（Julius Caesar）的私生子。

庞培大帅 [1]；萨福克则死于海盗之手。

沃尔特·惠特莫尔押着萨福克下

海军上尉　至于我们已经定了赎金的这几个，

本官决定从他们当中释放一个；

所以大家跟我来，且让他走。

海军上尉及余人下，绅士甲留台

惠特莫尔扛着萨福克的尸体上

惠特莫尔　就把他的首级和尸体放在这里，

等着他的情妇 [2] 王后来掩埋去。　　　　　*下*

绅士甲　啊，好野蛮凄惨的景象！

我要把他的尸体扛去觐见王上。

他不替他报仇，还有他的朋友；

以及生前那样爱他的那位王后。　　　*扛着尸体下*

第二场 / 第十三景

肯特

乔治·贝维斯与约翰·霍兰德 [3] 携长棍上

1　庞培大帅（Pompey the Great）：公元前一世纪古罗马著名统帅；他遇害于埃及，但乔治·查普曼（George Chapman）的一个剧本称他死于希腊莱斯沃斯岛（Lesbos）。

2　情妇：原文为 mistress，亦可作"女主人"解，但此处主要指"情妇"。

3　二人或为莎士比亚写这场戏时所想到的演员的名字；据悉，约翰·霍兰德（John Holland）是当时一名演员。

贝维斯	快，你拿上一把剑，哪怕是木条 [1] 做的也成；他们起事已经有两天了。
霍兰德	那他们现在很是需要睡下去了。
贝维斯	我跟你说，布匹匠杰克·凯德想把咱们国家打扮一番，彻底翻转个个儿，给它重新拉拉绒。
霍兰德	他是需要这样来一下，因为咱们国家已经褴褛不堪了。嗨，我说，自打绅士们得势后英格兰就不再是一块乐土了。
贝维斯	唉，倒霉的世道；手艺人被人瞧不起。
霍兰德	贵族人家觉得系上皮围裙 [2] 就是下贱。
贝维斯	还有呢，国王的枢密院里就没有会做工的。
霍兰德	确实，还是常言说得好，"人人都得干好老本行"；这就等于说，"当官做老爷的应该是干活儿的人"，所以咱们就应该当官做老爷。
贝维斯	你这算是说到点子上了；最能证明脑子好使的莫过于一双满是老茧的手。
霍兰德	我看见他们了！我看见他们了！有贝斯特的儿子，温厄姆村 [3] 的硝皮匠。
贝维斯	他可以把咱们敌人的皮剥下来硝成狗皮 [4] 用。
霍兰德	还有屠夫狄克。
贝维斯	那就可以宰牛般宰掉罪犯，抹牛犊脖子般抹恶徒脖子。
霍兰德	还有织工史密斯。
贝维斯	这样，他们的生命之线就纺出来了 [5]。

---

1 木条：木条短剑曾为道德剧中反派角色常用的武器道具。

2 皮围裙：匠人的典型装束。

3 温厄姆村（Wingham）：肯特郡坎特伯雷附近一村庄。

4 狗皮：用于做手套。

5 古典神话中，命运三女神分别负责纺织、度量、切断一个人的生命之线。

霍兰德　　　来，来，咱们加入到他们的队伍中去。

鼓声。凯德、屠夫狄克、织工史密斯与一锯木匠偕无数手持长棍的人上

凯德　　　　本王[1]，约翰·凯德，是随我想象中的父亲的姓——

狄克　　　　（旁白）还不如说是揩得了人家一桶鲱鱼才得来的。

凯德　　　　我们的敌人就要在我们的面前倒下去[2]了，因为我们是受
　　　　　　神灵感召，来打倒帝王将相的。——大家肃静。

狄克　　　　肃静！

凯德　　　　我父亲是摩提默家族的一个——

狄克　　　　（旁白）一个厚道人，灰泥抹得没[3]的说。

凯德　　　　我母亲是金雀花家族的一个——

狄克　　　　（旁白）我跟她很熟，她是个接生婆。

凯德　　　　我妻子出身雷西[4]家族——

狄克　　　　（旁白）她的确是个小贩的闺女，卖过不少蕾丝[5]。

史密斯　　　（旁白）不过近来，她已背不动自己那副毛皮囊[6]到处叫
　　　　　　卖[7]，只好在家里给人家揉揉搓搓[8]。

凯德　　　　所以说我算得上出身于名门望族。

狄克　　　　（旁白）没错儿，凭良心说，野地[9]里倒也不丢人，他就出

1　本王（we）：凯德此处使用了君主用于自称的代词。

2　倒下去（fail）：有些编者将 fail 校勘为 fall，从而可能产生双关效果，因为 Cade 对应的拉丁
　　文 cadere 意为 to fall（倒下）。

3　"抹得没"与"摩提默"谐音双关。

4　雷西（Lacys）：林肯伯爵（earls of Lincoln）的姓。

5　蕾丝（laces）：与"雷西"谐音双关。

6　毛皮囊：兼具"小贩（用皮缝制的）货囊"、"阴毛覆盖着的女阴"之意。

7　到处叫卖（travel）：英文 travel 与 travail（兼具"辛劳"、"像流莺一样卖身"之意）谐音双关。

8　揉揉搓搓：兼具"洗衣"、"与好色之徒媾和"之意。

9　野地（field）：或喻指"盾形纹章的底子"。

生在野地，一道树篱下面[1]；因为他爹除了寄居牢笼外，别无安身之所。

凯德 本人勇气过人——

史密斯 （旁白）那是肯定，要饭没勇气哪成。

凯德 我特别能忍耐——

狄克 （旁白）这一点我敢拿脑袋担保不成问题；因为我曾见他在集市上被人用鞭连着抽了三天。

凯德 上刀山下火海，我都不怕——

史密斯 （旁白）刀山他是用不着怕，因为他的衣服刀枪已无用武之地[2]。

狄克 （旁白）但我想火海他还是应该怕的，因为他偷人家的羊，手上叫人烙下过印子[3]。

凯德 所以，胆子要放大些，你们带头儿的胆子就很大，发誓要进行改革。往后在英格兰卖三个半便士的面包只卖一个便士，三道箍的酒壶一律改成十道箍的[4]，我要把喝淡啤酒的人宣判为大逆不道。所有的国土都为公众共有公用，我的坐骑[5]要牵到齐普塞街[6]去放青；等我称了王，我肯定能称王——

众 上帝保佑陛下！

凯德 我谢谢你们，善良的人们。我要取消钱币；大家吃喝都

---

1 （出生在）一道树篱下面：指出身非常卑微。

2 已无用武之地：意即破旧不堪；通常形容坚固厚实的铠甲。

3 烙下过印子：烙上T，表示 thief（贼）。

4 木制酒器上有箍，起着刻度计的作用；三道箍的酒壶容量为两品脱，因此凯德的意思是说花同样的钱可以得到多得多的酒。

5 坐骑（palfrey）：供人乘骑的马（与战马 [warhorse] 相对）。

6 齐普塞街（Cheapside）：伦敦一集市区。

	记在我的账上，我还要让大家全都穿一样的衣服[1]，好让他们和睦相处，像兄弟一样，拥戴我为他们的主上。
狄克	我们要做的第一件事儿，就是把律师统统杀光。
凯德	对，这正是我想要做的事儿。他们把人家无辜的羔羊的皮弄成羊皮纸，这种事儿岂不可恨？这个羊皮纸，在上面乱画一气，就能把人给整死？有人说蜜蜂蜇人，但是，我要说，害人的是蜂蜡；因为我只要在某个玩意儿上面盖上一个戳儿[2]，就再也身不由己了。怎么回事儿？谁啊？

一些人带着查塔姆村的一堂区教士上

史密斯	查塔姆村[3]的堂区教士；他能写能读，还会算术[4]。
凯德	啊，真是个稀奇[5]！
史密斯	他在教孩子们临帖时叫我们当场拿住。
凯德	那他定是个混蛋！
史密斯	他口袋里有一本书，上面印有红字儿[6]。
凯德	不，那他准是个巫师。
狄克	不，他会立契约，写得一手宫廷体好字儿[7]。
凯德	那我真是感到很遗憾；我说句良心话，这个人模样长得倒还端正；除非叫我查出来他有罪，他不能死。过来，小子，我得审你一审。你叫啥名字？

---

1 衣服（livery）：仆人的制服。

2 盖上一个戳儿：批准，签上我的名字（喻"发生性关系"）。

3 查塔姆村（Chartham）：肯特郡坎特伯雷附近一村庄。

4 会算术：会做算术题，会算账。

5 当时乡下人中不识字、不会算术的大有人在。

6 红字儿：过去历书上，凡圣徒瞻礼日都会印成红色，和小学识字课本上的大写字母一样。

7 宫廷体好字儿（court hand）：用于公务、法律文书的字体。

堂区教士	以马内利[1]。
狄克	他们常把这个字眼儿写在信头；这对你将大为不利。
凯德	你别多嘴。——（对堂区教士）你一般是写自己的名字，还是和敦厚老实、光明磊落的人一样，有自己的花押？
堂区教士	先生，感谢上帝，我受过良好的教育，会写自己的名字。
众	他招了！把他带走！他是个混蛋，是个叛徒。
凯德	把他带走，我说！吊死他，把他的笔和墨水瓶挂在他脖子上。

一人押着堂区教士下

迈克尔上

迈克尔	咱们将军在哪里？
凯德	我在这里，你这个小兵。
迈克尔	快逃，快逃，快逃！汉弗莱·斯塔福德爵士和他弟弟率领国王的军队已经迫近了。
凯德	站住，混蛋，站住，否则我就把你放倒。他是什么样的人，就有什么样的人去对付他。他不就是个骑士，对吧？
迈克尔	对。
凯德	（跪地）为了和他对等，我现在就把自己封成骑士。 约翰·摩提默爵士，平身。（起身） 现在对付他去吧！

汉弗莱·斯塔福德爵士与其弟率鼓手、传令官及众兵士上

斯塔福德	尔等叛逆的乡巴佬，肯特的残渣余孽， 生来就要上绞刑架的货，还不快快缴械， 离开这个奴才，滚回你们的茅草棚里去， 只要你们幡然回头，国王开恩不予追究。
斯塔福德之弟	倘若你们不听劝阻，王上就会勃然大怒，

1　以马内利（Emmanuel）：意为"上帝与我们同在"，昔日信函或契据抬头常见的一个词。

	大开杀戒；所以，想活命就得赶快屈服。
凯德	这几个穿绸裹缎的奴才，我都懒得理睬，
	善良的人们，我要好言相劝的是你们，
	不久的将来，我就有希望成为你们的国君，
	因为我乃是王位的合法继承人。
斯塔福德	混蛋，你的老子不就是个泥瓦匠，
	你自己不就是个修修剪剪的布匹匠？
凯德	亚当[1]还做过花匠哩。
斯塔福德之弟	那又能说明什么问题？
凯德	嗨，听着：埃德蒙·摩提默，马奇伯爵，娶了克拉伦斯
	公爵的女儿，属不属实？
斯塔福德	属实，先生。
凯德	她为他一胎生了两个孩子。
斯塔福德之弟	那是瞎掰。
凯德	对啦，问题就在这里；可我要说，这是事实：
	大些的那一个，交给奶妈代为喂养，
	不料被一个要饭的女叫花子拐走了，
	由于不知道自己的出身和生身父母，
	他长大之后就学手艺做了个泥瓦匠。
	他儿子便是我；有能耐否认你们尽管否认。
狄克	千真万确，毋庸置疑；因此，他该是王上。
史密斯	先生，他给咱爹房子里砌过一堵烟囱，那些砖头到今天
	都还在，可以作为见证；所以说根本不可否认。
斯塔福德	这下贱的奴才胡说八道，自己都不知道
	自己说的是些什么，你们信得过他的话吗？

---

1 亚当（Adam）:《圣经》中的第一个男人；他负责照看伊甸园。

众	是呀，我们信得过他。所以，你们滚吧。
斯塔福德之弟	杰克·凯德，是约克公爵教的你这一套吧。
凯德	（旁白）他胡说，这全是我自个儿编出来的。——
	（大声）去吧，小子，去把我的话告诉国王，就说看在他老爹亨利五世的面子上，他在位时男孩子为了赢法国克朗¹都玩掷币游戏²，我可以让他做王上，不过我要做他的护国公。
狄克	另外，我们还要取那个塞伊勋爵的首级，因为他出卖了曼恩的公爵领邑。
凯德	言之有理；丢了曼恩，英格兰也就霉晕³了，要不是我大力支撑，就不得不挂着拐棍儿走路了。众位王爷弟兄，我要告诉你们，塞伊勋爵把咱们国家给阉割了，把它弄成了一个阉货；而且他还会讲法国话，足见他是个叛国贼。
斯塔福德	啊，真是愚昧无知得叫人可怜哪！
凯德	哼，要是有本事，你就回答我，法兰西人是咱们的敌人；给我听好了，我就问一点：一个能说敌人语言的人能做一个好大臣吗？能，还是不能？
众	不能，不能，所以我们要取他的首级。
斯塔福德之弟	得啦，既然好言相劝他们不愿意听， 那就发动国王的大军向他们进攻。
斯塔福德	传令官，快去，去向所有的城镇宣布： 凡是附和凯德起事的一概视为叛徒，

---

1 法国克朗（French crowns）：兼具"硬币"、"梅毒性秃顶"、"王冠"（指亨利五世的对法作战）之意。
2 掷币游戏（span-counter）：游戏中一方掷出的筹码或硬币要尽可能接近对手的（且在一拃之内）。
3 霉晕（mained）：与"曼恩"（Maine）谐音双关。

　　　　　　　凡是战斗结束之前临阵脱逃者，

　　　　　　　将在他们自家门前，甚至当着

　　　　　　　他们老婆孩子的面，绞杀示众；

　　　　　　　凡是愿意站在国王一边的，随我来。

　　　　　　　　　　　　　　　　斯塔福德兄弟及众兵士同下

凯德　　　凡是爱怜平头老百姓的，跟我走；

　　　　　　　拿出男子汉的气概来，这是在争取自由。

　　　　　　　什么爵爷、绅士咱们一个也不要留；

　　　　　　　除了鞋掌上有钉子的[1]之外谁也不饶，

　　　　　　　因为他们都是正派的老实人，他们

　　　　　　　要不是不敢，早就加入了咱们一边。

狄克　　　他们已列好战斗阵形，朝着咱们开过来了。

凯德　　　可咱们要乱他个天翻地覆，那样才是最好的阵形。快，前进。

　　　　　　　　　　　　　　　　　　　　　　　众人下

第三场 / 景同前

开战号，战斗中斯塔福德兄弟双双被杀。凯德及余众上

凯德　　　阿什福德的屠夫狄克在哪儿？

狄克　　　在这儿，先生。

凯德　　　他们一个个都像牛羊一样在你面前倒下去了，你一招一

1　鞋掌上有钉子的：穿补丁摞补丁或鞋掌上钉有平头钉的鞋的人（即劳工）。

式就像在你自己家的屠宰场里似的；所以我要犒赏你一下：大斋节期在现在的基础上给你延长一倍，并且给你颁发一张九十九的宰牲特许状 [1]。

狄克　我也就要这么多。

凯德　说实在的，你理所应得的也不比这少。这件胜利的纪念品，我得穿起来；这两具尸体拴到我的马后面拖到伦敦去；（穿上斯塔福德的铠甲）到了那里本王要将市长的剑挂在胸前。

狄克　如果我们想好好地干上一场，就得打开牢房，把里面的囚犯全都放出来。

凯德　这事儿你不用操心，我向你保证。来，咱们向伦敦进发。

众人下

第四场　/　第十四景

伦敦王宫

国王亨利六世手持一份请愿书、王后玛格丽特捧着萨福克的首级、白金汉公爵与塞伊勋爵上

玛格丽特王后　（旁白）我常听说悲伤让人心软，

让人心里惶惶不安，充满卑贱之念。

1　大斋节（Lent）：又称四旬期、封斋期，复活节前的四十天时间里，基督徒改食鱼类而不得食肉，屠夫须获得特许方可屠宰牲口；凯德许诺将大斋节期延长一倍，特许狄克宰杀九十九头牲口／供应九十九名顾客／持有为期九十九年的屠宰执照。

所以想一想复仇之事，止住哭泣。
可又有谁能止住哭泣来面对这个？
他的头可以搁在我怦怦跳的胸窝里；
可在哪里才能找到我想拥抱的身体？

白金汉　　　（对国王）陛下对叛贼们的请愿书拟作何答复？

亨利六世　　我欲派一位主教前去交涉应付；
因为上帝不会让这么多头脑简单的人
剑下丧命。我宁愿亲自出面
跟他们的统领杰克·凯德谈判，
也不愿让流血战争把他们斩尽杀绝。
不过且慢，我要把请愿书再看一遍。

玛格丽特王后　（旁白。对萨福克的首级）啊，野蛮的恶棍们！这张可爱的脸
曾像一颗不羁的星辰一样支配过我，
难道就不能使那帮不配瞻仰它的家伙
发一发慈悲，动一动善心吗？

亨利六世　　塞伊贤卿，杰克·凯德发誓要取你的首级。

塞伊　　　　是啊，可我希望陛下能取下他的首级。

亨利六世　　怎么了，夫人？
还在为萨福克的死伤心悲恸？
我看哪，亲爱的，我丧了命，
只怕你未必会如此为我哀痛？

玛格丽特王后　对，亲爱的，我不会哀痛，而是为你轻生。

一信差上

亨利六世　　怎么啦？有什么消息？你来得为何这般匆忙？

信差　　　　叛军已经到了萨瑟克[1]；快逃吧，我的王上！

1　萨瑟克（Southwark）：就在泰晤士河南岸，属伦敦市近郊。

> 杰克·凯德自封为摩提默勋爵，
> 自称是克拉伦斯公爵家族后裔，
> 明目张胆地骂陛下是篡位夺权，
> 发誓要在威斯敏斯特登基加冕。
> 他带的队伍是一帮衣衫褴褛的
> 乡巴佬和庄稼汉，粗野而凶残；
> 汉弗莱·斯塔福德爵士兄弟俩之死，
> 大长了他们继续前进的勇气。
> 他们把所有的文人、律师、大臣和绅士
> 一概斥为奸诈的寄生虫，意欲统统处死。

亨利六世　啊，草莽之辈；他们所作的，他们不晓得[1]。

白金汉　我仁慈的陛下，请先退避到基灵沃思[2]去，
等大军集结把他们荡平后再作计议。

玛格丽特王后　啊，要是萨福克公爵还在世，
肯特郡这些叛贼很快就能平息。

亨利六世　塞伊贤卿，这些叛贼痛恨你，
我看你还是随朕到基灵沃思去。

塞伊　这样陛下圣躬就有可能受到危及，
他们一见我就会满眼充满杀气；
所以我还是愿意留在这座城里，
尽可能一个人悄悄地待着便是。

又一信差上

信差乙　杰克·凯德已经攻占了伦敦桥。
百姓们纷纷弃家舍业落荒而逃；

1　他们所作的，他们不晓得：为耶稣在十字架上说的话（见《圣经·路加福音》第23章34节）。
2　基灵沃思（Killingworth）：即肯尼尔沃思城堡（Kenilworth Castle），位于沃里克郡考文垂附近。

那些地痞流氓，急于趁火打劫，

加入了叛贼行列，他们沆瀣一气，

扬言要洗劫全城和陛下的宫廷。

白金汉　　那可不能违误，陛下，上马走吧。

亨利六世　来，玛格丽特；上帝是我们的希望，会拯救我们的。

玛格丽特王后　（旁白）萨福克一死，我的希望便不复存在。

亨利六世　（对塞伊）再见了，贤卿；别信肯特那帮叛贼。

白金汉　　什么人也别信，省得他们把你出卖了。

塞伊　　　我所信任的是我的问心无愧，

所以我自会果决而且大无畏。　　　　　　众人下

第五场 / 第十五景

伦敦塔

斯凯尔斯勋爵上至伦敦塔顶，在上面走动。随后，两三个市民自主台上

斯凯尔斯　怎么样了？杰克·凯德杀掉了没有？

市民甲　　没呢，大人，而且不大可能杀掉；因为他们已经占领了
伦敦桥，杀死了所有抵抗他们的人。市长大人盼望您能
从塔里派出援兵，前去帮助阻止叛贼，保卫伦敦城。

斯凯尔斯　我若能拨出兵力，就交与你指挥，

无奈我自己这里正受到他们的骚扰；

叛贼们已经跃跃欲试，想夺取本塔。

你赶紧到史密斯菲尔德去招兵买马，

　　　　　我派马修·高夫[1]前去助你一臂之力。

　　　　　为了你们的王上、国家和生命而战吧；

　　　　　就这样，再会了，因为我得走了。　　　　　　　众人下

第六场　　/　　第十六景

伦敦坎农街

杰克·凯德及余众上，凯德棍击伦敦石[2]

凯德　　　如今这座城市由我摩提默说了算了。我就坐在这伦敦石
　　　　　上，下达如下命令：在本王统治的第一年里，这根尿管
　　　　　子[3]里只准流出红葡萄酒，费用由市里负担。从现在开始，
　　　　　以后谁要是见了我，不管我叫摩提默爵爷，一律以叛逆
　　　　　罪论处。

一兵士跑上

兵士　　　杰克·凯德！杰克·凯德！

凯德　　　把他就地宰了。（众人杀之）

史密斯　　这家伙要是聪明一点儿，他就再也不会叫你杰克·凯德
　　　　　了；我想他得到了一个很好的警告。

狄克　　　爵爷，史密斯菲尔德集结起了一支队伍。

凯德　　　那么走，咱们去跟他们见见仗。不过，先去放把火把伦

1　马修·高夫（Matthew Gough）：历史上一十分善战的战士。

2　伦敦石（London Stone）：伦敦市中心标志，位于坎农街（Cannon Street）。

3　尿管子（Pissing Conduit）：小管儿（Little Conduit，伦敦下层人所使用的一喷水池）的俗称。

敦桥烧了，可能的话，把伦敦塔也一块儿烧掉。得啦，
咱们走。   众人下

第七场 / 第十七景

伦敦史密斯菲尔德

警号。马修·高夫被杀，其所率人马亦悉数被杀。随后杰克·凯德率自己的同伙（包括狄克、史密斯与霍兰德）上

凯德	好啊，弟兄们。现在去几个弟兄把萨沃伊宫 [1] 给平了，其余弟兄去出庭律师公会，把那儿的房子统统毁掉。
狄克	我要向爵爷提出一个请求。
凯德	你这样称呼我，就是要一块爵爷的领地我也给你。
狄克	要是英格兰的法律都由您的嘴里说出来就好了。
霍兰德	（旁白）哎哟，那必将是痛苦的法律，因为他的嘴巴让人家捅了一矛，还没完全长好哩。
史密斯	（旁白）不，约翰，肯定是臭烘烘的法律，因为他吃了烤奶酪干，还是满嘴的臭气。
凯德	这事儿我已经想过了，会这样的。去吧，去把国家的文件档案统统烧了。我的这张嘴将来就是英格兰议会。
霍兰德	（旁白）那我们怕是要有咬人的法令了，除非将他嘴里的牙齿全部拔掉。

---

1 萨沃伊宫（Savoy）：兰开斯特公爵（Duke of Lancaster）在伦敦的府邸。

凯德　　　　从今往后所有东西都归大家公有。

一信差上

信差　　　　爵爷，一个俘虏，一个俘虏！这就是那个出卖法兰西城
　　　　　　池[1]的塞伊勋爵，也就是强迫我们缴纳十五分之二十一财
　　　　　　产税，最近又每镑抽取一先令附加税的那个家伙。

乔治·贝维斯押着塞伊勋爵上

凯德　　　　哼，单为这件事儿，他的脑袋就得砍下十次。——（对塞
　　　　　　伊）啊，你这个塞哔叽[2]，你这个粗哔叽，不，你这个硬衬
　　　　　　布勋爵！这次你可正好撞到老子王法的枪口上啦！你把
　　　　　　诺曼底拱手送给了法兰西太子"亲老子屁股"[3]少爷，我看
　　　　　　你对孤王作何解释？当着众人，当着本摩提默爵爷的面
　　　　　　儿，我要叫你知道老子就是一把要将你这样肮脏的东西
　　　　　　从朝廷里清扫出去的扫帚。你大逆不道，办起了一所文
　　　　　　法学校，极大地毒害腐蚀了国家的年轻人；从前，咱们
　　　　　　祖先记账都是拿根木棍儿在上面刻上道道儿[4]，除了这个，
　　　　　　根本就没有什么其他的书，而你却让印刷术大行其道，
　　　　　　还跟国王唱反调，违抗国王的王权和尊严，建起了一座造
　　　　　　纸坊[5]。我可以当着你的面儿证明，你身边那些人张口闭
　　　　　　口就是什么名词、动词，以及类似的混账话，没有哪个
　　　　　　基督徒听了不觉得恶心。你委任了大堆大堆的太平绅士，
　　　　　　动不动就把穷人提去，传问一些他们根本就答不上来的事

1　法兰西城池：即安茹和曼恩。

2　塞哔叽（say）：指精纺的含丝绸面料，英文 say 与 Saye 谐音双关。

3　亲老子屁股（Basimecu）：即法文 baise mon cul，意为"亲我的屁股"。

4　一种原始的记账方法，在一根木棍儿上刻上一道道划痕，然后一折两半，债权人与债务人各
　执一半为凭。

5　印刷术……造纸坊：时代错误，英国印刷所出现于 1476 年，而造纸厂则诞生于 1495 年。

	儿。而且，你还把他们投进大牢，因为他们不识字儿，你就把他们绞死，其实，正因为如此，他们才最配活在这个世上 [1]。你骑的马身上一定披着马衣，是不是？
塞伊	那有什么关系？
凯德	哼，比你诚实的人都是一身马裤短上衣，你就不应该给你的马披斗篷。
狄克	而且，他们还得穿着汗衫干活儿，就像我自己这个杀猪的。
塞伊	你们这些肯特人——
狄克	你说肯特人怎么啦？
塞伊	一句话："地虽善，而人歹也。[2]"
凯德	拉下去，把他拉下去！他在转拉丁文哩。
塞伊	先听我把话说完，然后随你们把我带到哪里去。 肯特，在凯撒所著的《高卢战记》[3] 里， 被誉为这整个岛上最为文明的地区： 这是一个可爱的地方，物华天宝， 当地人慷慨、勇敢、活泼、富裕， 因而我希望你们不缺乏怜悯之心。 我既未出卖曼恩，也未丢失诺曼底， 相反为了光复两地，我情愿豁出命去。 我执法向来公正严明而不失适度宽容， 哀求和泪水能让我心动，贿赂决不行。

1 当时如果一名罪犯能证明自己会拉丁文，那他便可以要求得到"神职人员的特权"而免除绞刑。
2 意大利人形容英国和英国人的口头禅。
3 《高卢战记》：尤力乌斯·凯撒的《高卢战记》（ Commentarii de Bello Gallico ）记述了他从公元前 58 年至公元前 52 年间的战绩；在戈尔丁（ Golding ）1564 年的译本中，肯特人被描绘成英格兰"最文明的"人。

除却为了供奉王上，为了维持国计民生，
我什么时候从你们手中征收过哪怕一文？
对于饱学之士我总是慷慨地大量馈赠，
我蒙王上知遇之恩靠的就是我的学问；
我看出了愚昧无知是上帝所诅咒的东西，
知识乃助我们青云直上飞上天堂的羽翼，
除非是恶魔附体，你们绝对会克制自己，
而断乎不忍痛下毒手，置我于死地。
我这条舌头曾经与外国君王谈过判，
为的是你们的利益——

凯德　　啧啧，你什么时候在沙场上出过一回手？

塞伊　　伟人们的手无所不能及；我经常打击
　　　　我未曾见过的人，而且将他们击毙。

贝维斯　啊，丑恶的懦夫！什么，你常在背后下手？

塞伊　　为了你们好，我熬夜脸都熬白了。

凯德　　那就掴他一耳光，保准它又会变红。

塞伊　　为了断穷人们的官司，我长久伏案[1]，
　　　　结果弄得我现在通身上下全是病。

凯德　　那我就送你一份麻绳汤[2]，然后再用斧子治一治。

狄克　　你为什么发抖，伙计？

塞伊　　是麻痹发作，不是害怕弄的。

凯德　　嘿，他冲我们点头哩，像是在说："此仇必报。"我倒要瞧
　　　　瞧，他的头在杆头上会不会站得更稳些；拉下去，把他
　　　　的头给我砍了。

---

1 伏案：即当法官。
2 麻绳汤：即刽子手的绞索。

塞伊	告诉我：我究竟犯下了什么大罪？
	我是贪求了钱财还是追逐了荣誉？说。
	我的箱子装满了不义的金银财宝吗？
	我的穿着难道说看上去华丽豪奢吗？
	我倒是伤了谁，你们要置我于死地？
	这两只手从未沾染过无辜者的血迹，
	这胸窝里从未驻留过见不得人的恶意。
	啊，饶我一条命吧！
凯德	（旁白）听了他这几句话，我倒有些可怜他了；不过我得克制一下。为了活命，他讨饶的话说得这么动听，单为这一点，就非把他处死不行。——（高声）把他带走，他舌头底下有个妖精，说话不以上帝的名义。去，把他带走，我说，立即砍下他的脑袋，然后冲进他女婿詹姆斯·克罗默爵士家，砍下他的脑袋，把两颗脑袋挑在杆头拿到这里来。
众	遵命。
塞伊	啊，同胞们，你们祈祷的时候，
	上帝要是像你们这样狠心，
	那你们死时的灵魂怎么办？
	所以还是发发慈悲，救我一命吧。
凯德	把他带走，照我命令执行。

一两人押着塞伊勋爵下

国内最显达的贵胄也休想把脑袋搁在自个儿的肩膀上，除非他向本人纳贡；任何人家的姑娘也不得完婚，除非她把身子先献给本人尝尝鲜 [1]；所有男人都须从本人这里直

---

1 尝尝鲜：指行初夜权。

接领受。而且本王敕令他们的老婆要随叫随到，只要我
心里想要，嘴上说出。

狄克 我的爵爷，咱们啥时候到齐普塞街去逛逛，赊他点儿东
西回来，好好爽一爽¹？

凯德 啊，马上。

众 噢，太棒啦！

一人用两根杆挑着塞伊和克罗默的头上

凯德 这不是更棒吗？让他们两个亲个嘴儿，因为他俩活着的
时候亲热得很。（让两颗首级亲吻）现在把他俩分开，省
得他们串通一气，商量怎么出卖法兰西更多城池。弟兄
们，洗城的活儿等到了晚上再说；因为本王不用权杖，
就把这两颗人头挑在马前，骑马去巡街转巷，遇到拐角
的地方，就让他们亲个嘴儿。走！   众人下

第八场   /   景同前

泰晤士河北岸伦敦桥附近

警号。收兵号。凯德率全体暴民重上

凯德 沿着鱼街²，直插圣玛格纳斯角³，连砍带杀；把他们统统
扔到泰晤士河里去！

1　赊……爽一爽：兼具"赊购或强抢"、"将首级用武器叉起来"、"逛窑子"之意。
2　鱼街（Fish Street）：位于伦敦桥北边。伦敦桥从萨瑟克横跨泰晤士河。
3　圣玛格纳斯角（St Magnus' Corner）：圣玛格纳斯教堂遗址，靠近伦敦桥，位于鱼街顶头。

吹休战谈判号

　　　　　　我听到的这是什么声音？我下令他们砍杀，谁胆敢吹收
　　　　　　兵号或是休战谈判号？

白金汉与老克利福德上

白金汉　　唉，胆敢前来打搅你的人在这里；
　　　　　　告诉你，凯德，我们乃是王上派来
　　　　　　的特使，向被你引入歧途的百姓训示，
　　　　　　现在我们就地宣布：凡是愿背弃你
　　　　　　回家安守本分的一律予以赦免宽恕。

克利福德　你们意下如何，同胞们？你们是愿意
　　　　　　就此悔过，接受方才提出的宽恕，
　　　　　　还是听由一个逆贼带你们去送死？
　　　　　　凡是爱戴王上，愿意接受赦免的，
　　　　　　就把帽子抛起，说"上帝保佑国王陛下！"
　　　　　　凡是怀恨王上，而且连王上的父亲——
　　　　　　威震整个法兰西的亨利五世也不尊敬的，
　　　　　　就冲我们挥动手中的兵器，走到一边去。

众　　　（抛起帽子并背弃凯德）上帝保佑王上！上帝保佑王上！

凯德　　怎么，白金汉和克利福德，你们竟这么大的胆子？——
　　　　　　（对众暴民）还有你们，下贱的庄稼汉，居然相信他的
　　　　　　话？你们定要脖子上挂着特赦令接受绞刑？我用利剑攻
　　　　　　破伦敦城门，莫非你们要把我丢在萨瑟克的白鹿客栈[1]？
　　　　　　我原以为你们在恢复古老的自由之前决不会放下武器，
　　　　　　没想到你们全都是逃兵懦夫，居然乐于在贵族手下当奴

1　白鹿客栈（White Hart）：泰晤士河南岸萨瑟克地区伯勒大街（Borough High Street）一客栈，凯德曾入住该客栈；该客栈名字含有"懦夫"之意。

隶苟且偷生。那就让他们用重担压断你们的脊梁骨，强占你们头顶上的房屋，当着你们的面奸淫你们的妻女吧。我呢，会自己照顾自己的；就这样吧，愿上帝的诅咒落到你们众人的头上。

众　　　（再次奔向凯德）我们愿意追随凯德！我们愿意追随凯德！

克利福德　你们大嚷大叫说什么要跟着他走，
　　　　　难道他凯德是亨利五世的儿子不成？
　　　　　难道他能带领你们穿破法兰西的心脏，
　　　　　封你们当中最卑贱的为伯爵公爵不成？
　　　　　哎呀，他连家都没有，逃都没有去处；
　　　　　他除了抢劫之外就不知道该怎样谋生活，
　　　　　于是只好对你们的朋友和我们进行掠夺。
　　　　　倘若那些你们刚刚击溃过的胆怯的法国人，
　　　　　趁你们不和之机突然越海偷袭打败了你们，
　　　　　那岂不是一件丢人现眼的事吗？
　　　　　我觉得在你们这同室操戈之际，
　　　　　我看到他们在伦敦大街小巷飞扬跋扈，
　　　　　他们见人就喊"懦夫"。
　　　　　与其向法兰西人俯首弯腰乞怜，
　　　　　不如让一万个下贱的凯德完蛋。
　　　　　去法兰西，去法兰西，夺回你们失去的东西；
　　　　　放过英格兰，因为它乃你们的祖国故地；
　　　　　亨利王上有钱，你们众人强悍而又有力；
　　　　　上帝站在我们这一边，我们是必胜无疑。

众　　　跟克利福德，跟克利福德！我们愿意追随王上和克利福德。

凯德　　可有羽毛似这群乌合之众经风这么轻轻一吹就来回飘荡？一提亨利五世的名字就能煽动他们干出千百种坏事

儿，甚至让他们弃我于不顾。我看见他们交头接耳，大概是想将我逮住。此处不可久留，我只好用剑杀出一条血路：就算有魔鬼地狱，我也要从你们正中杀出去；老天和荣誉可以作证，不是本人缺乏决心，只是由于我的部下们卑鄙无耻的叛变行径，才把我逼到脚底抹油，撒腿开溜的地步。 　　　　　　　　　　　　　　　下

白金汉　　怎么，他逃了？去，去几个人追他，
　　　　　　谁能够取下他的首级献给王上，
　　　　　　谁就可以得到一千克朗的奖赏。　　　数人下

　　　　　　随我来，将士们；我们要想个办法，
　　　　　　替你们大家在王上那儿讨个宽大。　　　众人下

第九场 / 第十八景

具体地点不详，或为肯尼尔沃思城堡

吹号。国王亨利六世、王后玛格丽特与萨默塞特上至高台

亨利六世　　尘世上可有哪一个称王享国的
　　　　　　能比我还郁郁不乐？
　　　　　　我刚刚从摇篮里爬出，
　　　　　　出生才九个月就被拥立登基。
　　　　　　从没有哪个臣民想做王上，
　　　　　　像我企盼做臣民这般热切。

白金汉与克利福德上

白金汉	敬祝陛下安康，有好消息禀报王上。
亨利六世	哦，白金汉，莫非将逆贼凯德拿获了？
	还是让他逃脱养精蓄锐去了？

民众脖子上套着绞索由主台上

克利福德	他逃掉了，主公，他的队伍全都投降了，
	一个个都脖子上套着绞索，恭恭顺顺地
	在听候陛下的裁决，宣判他们是生是死。
亨利六世	那么，苍天啊，请敞开您不朽的大门，
	接受我对您发自肺腑的感激和赞美吧。
	将士们，今天你们已经赎回了自己的性命，
	表现了你们是何等热爱自己的君王和国家；
	还望你们今后继续保持这一份良善之念，
	亨利我虽然命蹇运舛，
	但你们尽管放心，我永远也不会薄义寡恩。
	现在我就感谢你们大家并且给予宽恕，
	将你们遣散，让你们各回各的原籍去。
众	上帝保佑王上！上帝保佑王上！

一信差上

信差	启奏陛下得知，
	约克公爵新近从爱尔兰班师，
	率领着一支由爱尔兰斧头兵和
	轻步兵组成的剽悍强大的队伍，
	气势汹汹地朝这边开过来了，
	他一路声称他兴兵没有别的意图，
	只是为了将萨默塞特公爵，他管他叫叛徒，
	从陛下您的身边铲除。
亨利六世	这就是我的处境，受到凯德和约克的夹攻，

犹如一只船刚刚逃过暴风雨，

马上又被海盗拦住登船劫洗。

凯德才刚刚被击退，手下被遣散，

眼下约克这又紧随其后兴兵作乱。

我请你，白金汉，会一会他去，

问问他这样兴师动众究竟为的是哪门子事；

告诉他我要把埃德蒙公爵[1]投进伦敦塔里去；

唉，萨默塞特，朕得把你往那儿关一阵子，

等把他的队伍打发走了再作计议。

萨默塞特　　陛下，

我甘愿自己被下狱，

哪怕是处死，只要于吾国有利。

亨利六世　　不管出现什么情况，话头不可太过严厉，

因为他是个暴性子，听不得过激的言辞。

白金汉　　微臣谨记，陛下，您放心，我一定

小心从事，让一切都变得对您有利。

亨利六世　　来，王后，咱们回宫去，学着更好地治国安邦，

因为迄今为止，英格兰还尽可以骂我治理无方。

喇叭奏花腔。众人下

1　埃德蒙公爵：即萨默塞特。

第十场 / 第十九景

肯特郡艾登家园子

凯德上

凯德　呸，雄心个狗屁；呸，我又算个什么东西，手里提着口
剑，却眼睁睁地看着要饿死。这五天来我一直躲在这片
林子里不敢露头儿，因为全国已经布下天罗地网要捉拿
我；可眼下我饿得直发慌，就算可以长命千岁，我也待
不下去了。所以我翻过一道砖墙进了这个园子，看能不
能吃上点儿草，或是等会儿捡一兜生菜[1]，这样的大热天
儿，让脾胃里清凉清凉也好。而且我想这个"兜"字儿[2]，
注定对我就有好处：因为有好多次，要不是有个兜鍪兜
着，我这脑袋瓜可能早就叫人家用钩镰枪给开了瓢；还
有好多次，我勇往直前行军口渴时，我就拿它当水壶舀
水喝；眼下这个"兜"字儿肯定能让我饱餐一顿。

艾登及其家丁上

艾登　主啊，能够这样清清静静地闲庭信步，
　　　谁还愿意在宫廷过那纷纷扰扰的日子？
　　　家父给我留下的这点儿小小产业，
　　　已令我心满意足，抵得上一个君主国。

1　一兜生菜（a sallet）：sallet 除可作"蔬菜"解外，还可指"轻盔"。中文中找不到与之对应
　的多义词，故本段利用了"兜"字。注意，"一兜生菜"的正确写法是"一蔸生菜"，但鉴于
　凯德乃一粗人，原剧中其语言亦不规范，故似说得过去。而"兜鍪"正好是头盔的意思。——
　译者附注
2　字儿（word）：可能与 wort（可食用的药草或蔬菜）谐音双关。

我没指望借别人没落实现自己发迹，
也没想能捞则捞，不管人家妒不妒忌；
但能维持自身生计，能让上门的穷人
填饱肚皮离去，我也就十分知足了。

凯德 这块地的主人过来了，我擅自闯入了他的非限嗣继承地产，他要抓我个擅闯之罪。喂，混蛋，你要出卖我，提着我的脑袋去国王那里换取一千克朗赏金；不过你我分手之前，我要叫你像鸵鸟一样吃点儿铁[1]，把我这口剑像大钉子似的吞下去。

艾登 嘿，粗鲁的家伙，不管你是干什么的，
我与你素不相识；那我为什么要出卖你？
你闯进我家园子，像贼似的
偷我家地面上的东西，
翻墙而入也不问我这做主人的同不同意，
你这样还不够，还要用这样无礼的话来挑衅我？

凯德 挑衅你？对，我以溅洒过的最高贵的血发誓，还要羞辱你一顿哩。你好好瞧瞧我。我已经五天没吃饭了，不过，就是你和你那五个仆人一齐上，我要是不能叫你们统统直挺挺地死在这里，我就祈求上帝让我以后再也不用啃青草了。

艾登 那哪儿成，只要英格兰还在，我就不能
让人家说肯特郡的候补骑士亚历山大·艾登，
仗着人多势众欺负一个饿瘪了肚子的可怜虫。
你尽管睁大你的眼睛瞪着我的眼睛瞧，
看你能不能凭借你那副样子把我吓倒。

---

1 过去西方人普遍认为鸵鸟吃铁；凯德的意思是他要用剑刺艾登。

亮出四肢看一看，你的块头差得太远：

你的手跟我的拳头一比只能算一根手指，

你的腿跟我这粗桩[1]一比只能算一根棍子；

我一只脚就能敌过你全身的力气；

倘若我把胳膊在空中高高举起，

地上你的墓坑就算已经挖掘完毕。

论嘴巴，我的嘴巴也不会比你的差，

嘴里说不出的话，就让我这口剑来表达。

凯德 凭我的勇气起誓，这是我听说过的最顶级的斗士！钢剑啊，如果你卷了刃，如果你在回到鞘里睡觉之前不把这个五大三粗的家伙剁成碎块，我就跪下求乔武把你变成钉鞋底的钉子。

两人相斗。凯德倒地

噢，我被杀啦！是饥饿，而不是别的杀了我。要是把我落下的十顿饭都补给我，就是来一万个魔鬼攻击我，也不在话下。枯萎吧，园子，从今往后变成住进这幢房子的人的坟地吧，因为凯德不可征服的灵魂已经从这儿飞逝了。

艾登 我杀死的莫非是凯德，那个不可一世的逆贼？

宝剑啊，你立了这么大的功，我要尊你为神圣，

他年我死之后我还要把你挂上我的坟茔。

你锋尖上的这血迹，永远也不会拭去，

你要像带着纹章一样一直带着它，

以炫示你主人所得到的这一荣誉。

凯德 艾登，别了，为你获胜而自豪吧。替我转告肯特郡，她

---

1 粗桩：即艾登的腿。

失去了最优秀的汉子，同时奉劝世人都当懦夫；因为谁
都不怕的我，没让武力征服，却让饥饿征服了。（死）

艾登　　让老天评评理，你让我受了何等冤屈；
死吧，该死的东西，生你的婆娘不得好死；
我恨不得像用宝剑捅进你的身体，
一剑把你的灵魂捅进地狱里去。
我这就抓住你的脚跟把你头朝下倒拖到
一座粪堆上去，让粪堆来作你的葬身地，
然后在那儿将你绝顶肮脏的脑袋砍下来，
拎着它神气十足地到王上那里，
且留下你的身体来让乌鸦啄食。

众人拖着凯德的尸首下

第 五 幕

圣奥尔本斯

约克及其爱尔兰军上，鼓手和掌旗兵前导

约克　　　　约克我此番从爱尔兰回来讨要自己的权利，

要把王冠从孱弱的亨利头上摘取。

钟，敲他个山响；营火，烧他个透亮，

来迎接伟大的英格兰的合法国王。

啊，神圣的王权！谁不想高价把你买下？

不会发号施令的人，就该让他俯首听命。

这只手生来就是要玩弄黄金于股掌。

除非手上有与之相称的宝剑或王杖，

否则我的话就没有言出必行的力量。

手上须有王杖，就像我有灵魂一样，

我要将法兰西的鸢尾花 [1] 钉在王杖上。

白金汉上

（旁白）是谁来了？白金汉来找我的麻烦？

国王派他来的自是当然；我得虚与委蛇一番。

白金汉　　约克，你若心怀善意，我善意地向你致意。

约克　　　白金汉的汉弗莱，我接受你的致意。

你此来是奉了旨，还是随着自己的心思？

1　鸢尾花：法国王室纹章图案。

白金汉	我是我们威严的主上亨利派来的使者,
	来弄清你为何在太平时期大动干戈;
	还有,你跟我一样,都是一个臣民,
	你何以要背弃效忠王上的誓言,
	不经王上降旨便拉起这么一支大军,
	还竟敢拉着队伍来到宫廷如此切近。
约克	(*旁白*)我气得嗓子冒烟儿,差点儿说不出话来。
	噢,听了他这番卑鄙的言辞,我怒发冲冠,
	简直可以劈开岩石,与顽石开战。
	此刻,我就像埃阿斯·忒拉蒙尤斯[1]那样,
	把满腔怒火发泄到牛羊身上。
	我的出身远远超过当今的国王;
	我更具王者风范,更富人君思想。
	不过我眼下还得和颜悦色一阵子,
	直到亨利变得更弱,我变得更强。——
	(*高声*)白金汉,我还请你多多原谅,
	这半晌我一直没有回答你的问话;
	我被深深的忧郁搅闹得心烦意乱。
	我之所以把这支队伍拉到这里来,
	是要将狂妄的萨默塞特从王上身边铲除,
	这老贼对王上、对国家心怀不轨。
白金汉	你此举也未免太过放肆;
	不过如果你兴兵并无其他目的,

---

1 埃阿斯·忒拉蒙尤斯(Ajax Telamonius):特洛伊之战中一英雄,忒拉蒙(Telamon)之子埃
 阿斯看到阿喀琉斯(Achilles)的盔甲被赏给奥德修斯(Odysseus)而非自己时大发雷霆;狂
 怒之下,他把一群羊当作敌人杀掉。

	那王上早已向你的要求让了步：
	萨默塞特公爵已关进伦敦塔狱。
约克	拿你的荣誉为誓，他已是阶下囚了吗？
白金汉	我以我的荣誉为誓，他已是阶下囚了。
约克	那么，白金汉，我这就解散我的人马。
	将士们，我感谢大家；各自散了吧。
	明天到圣乔治菲尔德[1]去找我，
	领取你们的薪饷和想要的一切。
	我的长子，不，我所有的儿子，
	都将交与我贤明的主上亨利，
	作为我对他忠诚拥戴的质子；
	把他们都交给他，我心甘情愿。
	土地、财物、马匹、铠甲及我的全部家什，
	任他处置，只求萨默塞特一死。
白金汉	约克，你深明大义表示归顺，我很赞赏；
	咱俩这就一同前往王上的营帐。

国王亨利六世偕众侍从上

亨利六世	白金汉，约克这与你手挽手而来，
	该不会对本王有意施加什么伤害？
约克	约克我怀着一颗臣服恭顺之心，
	诚惶诚恐地前来觐见吾王圣君。
亨利六世	那你带这么些兵来是何用意？
约克	为的是将逆臣萨默塞特从这儿铲除，
	同时对付那个穷凶极恶的叛贼凯德，
	不过后来我听说，他已经被击溃了。

---

1 圣乔治菲尔德（St George's Field）：位于泰晤士河南岸萨瑟克与兰贝斯（Lambeth）之间。

艾登拎着凯德的首级上

| 艾登 | 我这样一个粗野卑贱的小老百姓， |
| | |

艾登　　　　　我这样一个粗野卑贱的小老百姓，
　　　　　　　能够前来觐见王上实在是不胜荣幸，
　　　　　　　瞧，我将一名叛贼的首级呈献陛下，
　　　　　　　凯德的首级，我在格斗中杀死了他。

亨利六世　　　凯德的首级？伟大的上帝，您是何等公正！
　　　　　　　噢，让我看看他的模样，他可死了，
　　　　　　　这家伙活着时无恶不作尽给我捣乱。
　　　　　　　告诉我，我的朋友，是你杀死他的吗？

艾登　　　　　是小民，回禀陛下。

亨利六世　　　你叫什么名字？是何身份？

艾登　　　　　亚历山大·艾登，这就是小民的姓名；
　　　　　　　肯特郡一个爱戴王上的可怜候补骑士。

白金汉　　　　启奏陛下，若您有意，他立了大功，
　　　　　　　封他为骑士，这封赏应该算不上过重。

亨利六世　　　艾登，跪下。（艾登跪地受封为骑士）
　　　　　　　平身吧，骑士。（艾登起身）
　　　　　　　朕还要赏给你一千马克[1]的赏金，
　　　　　　　今后你就来做朕的御前侍卫吧。

艾登　　　　　艾登有生之日，定当赤胆忠心，
　　　　　　　矢志效忠，不负王上陛下隆恩。　　　　　　下

王后玛格丽特与萨默塞特上

亨利六世　　　瞧，白金汉，萨默塞特和王后过来了；
　　　　　　　快去让她把他藏起来，别让公爵看见。

玛格丽特王后　就是有一千个约克，他也无须躲躲藏藏，

---

1 马克（Mark）：会计单位，而非硬币，合三分之二镑。

完全可以大胆地站出来和他当面对抗。

约克　　怎么回事？萨默塞特居然逍遥法外？

那么，约克，把你长久禁锢的想法倒出来，

心里怎么想，嘴上就怎么说吧。

我能容忍萨默塞特出现在我眼前吗？

骗人的国王，你明知我最难容忍

上当受辱，却为何偏偏对我失信？

我刚才管你叫国王？不，你不是国王；

你就不配管理统治大众万民，

你连一个逆贼都不敢管，不，是管不了。

你那个脑袋就不配把王冠佩戴；

你的手生来就只配拄香客的拐棍儿，

哪里配掌握那令人敬畏的王杖。

那顶金冕只应环绕在我的眉宇上方，

我一颦一笑，犹如阿喀琉斯之矛[1]一样，

能够置人于死地，也能疗好不治之伤。

我这只手才配握住那王权之杖，

也是这只手才能严格执行国法。

让位吧；上天明鉴，你休想再统治

上天创造出来统治你的人物。

萨默塞特　啊，猖狂的逆贼！我逮捕你，约克，

因为你犯下了背叛王上的不赦之罪；

就范吧，大胆的逆贼，跪下求饶吧。

1　阿喀琉斯之矛：忒勒福斯（Telephus）曾遭希腊英雄阿喀琉斯用长矛致命一击，后用此矛上
的锈得以治愈。

约克	想要我下跪？先让我问问这些位[1]，
	看他们肯不肯让我在人前下跪。
	小子，叫我的儿子们进来为我作保；　　　　侍从下
	我知道，他们不会眼看着我进大牢，
	就是当掉宝剑，他们也会保我安好。
玛格丽特王后	去宣克利福德；叫他火速赶来，
	让他来说说约克那几个杂种儿子
	有没有资格替他们的叛逆老子作保。　　　　白金汉下
约克	啊，残忍嗜血的那不勒斯娘儿们[2]，
	那不勒斯所唾弃的败类，英格兰的祸水！
	我约克的儿子，论出身个个都比你高贵，
	完全可以充当他们父亲的保人，凡是
	不让我儿子为我作保的人都不得好死！

爱德华与理查上

| | 瞧他们来了；我敢说他们一准儿能把事情办好。 |

克利福德与其子小克利福德上

玛格丽特王后	克利福德拒绝他们替他作保来了。
克利福德	（对亨利下跪，然后起身）恭请吾王圣体安康，万事如意！
约克	谢谢你，克利福德；说，你有何消息奏上？
	不，别用一副怒气冲冲的脸色吓唬本王；
	朕才是你的主上，克利福德，重新下跪；
	刚才你闹了误会，本王恕你无罪。
克利福德	这才是我的王上，约克，我没有误会；
	你以为我闹了误会，你才是闹了天大的误会。

1　这些位：可能兼指其随从、儿子和兵器。
2　那不勒斯娘儿们：玛格丽特系那不勒斯名义国王雷尼耶（Reignier）之女。

	把他送进卑德阑疯人院 [1] 去！这家伙疯了吧?
亨利六世	对，克利福德，疯狂和野心 叫他公然对抗自己的国君。
克利福德	他是个逆贼；把他下到塔狱里去， 砍下他那颗犯上作乱的首级。
玛格丽特王后	他已经被捕，可还不肯就范； 说什么他的儿子们会站出来替他申辩。
约克	你们不会吗，儿子们?
爱德华	会，尊贵的父亲，只要我们的话管用。
理查	如果话不管用，那我们的武器就会管用。
克利福德	噫，我们这儿来了怎样的一窝逆种?
约克	拿面镜子照照，这样骂你自己的身影。 我是你的国王，你是个二心的逆贼； 把我手里两只勇敢的熊拴到桩上 [2]， 它们只要把身上的锁链抖上一抖， 这些蠢蠢欲动的恶狗就会吓得屁滚尿流； 宣索尔兹伯里和沃里克前来见我。

沃里克伯爵与索尔兹伯里伯爵上

克利福德	这就是你的熊? 你敢把它们带到斗熊场去， 我们就把你这两头熊给活活斗死， 再用它们的锁链把养熊人 [3] 也锁起。
理查	我常见这样的情形：暴躁狂妄的恶狗，

1　卑德阑疯人院（Bedlam）：即伦敦伯利恒圣马利亚医院（Saint Mary of Bethlehem），一家精神病院。

2　熊拴到桩上：典出斗熊游戏，当时一种流行的娱乐活动，游戏时将熊拴在桩子上，纵狗攻击。

3　养熊人：指约克。

你拉住它，它掉头照你就是一口，

由着它去，一尝到大熊掌的苦头，

两条腿就夹起尾巴，嗷嗷个不休；

你们若是想与沃里克爵爷来对抗，

必定也会和这条恶狗没什么两样。

克利福德　滚开，你这堆怒火，你这乱糟糟的一团 [1]，

你的品行就和你的体形一样，一点儿也不端！ [2]

约克　不，我们很快就会让你浑身上下直冒火。

克利福德　当心，别让你的怒火烧了你自己。

亨利六世　沃里克，你怎么忘了屈膝行礼？

老索尔兹伯里，亏你有一头银丝，

你这个疯子把你坏脑子的儿子带上了邪路！

怎么，你都行将就木了还要作恶，

还要睁大眼睛 [3] 去自寻烦恼不可？

啊，信义何在？啊，忠诚何在？

两鬓如霜的脑袋都容不下忠信，

那这世上叫它上哪儿找地方安身？

你愿意挑起战争来自掘坟墓，

让你的齿尊晚景蒙上一层血污？

你这一大把年纪，怎么还不更事？

还是你已够老练，却有意要糟践？

你偌大年岁，已弓身把坟墓面对，

1　一团：可能还是在以熊作喻，因为过去西方人普遍认为熊崽刚生下来时是一个肉团，靠母熊一口一口舔出熊样。

2　理查以驼背及其他多种身体残疾而出名。

3　眼睛：原文 spectacles 兼具"眼镜"之意（暗示索尔兹伯里老眼昏花）。

想保住体面就依礼向我屈膝下跪。

索尔兹伯里 殿下，这位名高天下的公爵

所主张的权利，我心里已作慎重考虑。

凭良心，老臣诚以为公爵大人

乃是英格兰王位的合法继承人。

亨利六世 你不是发过誓要效忠我吗?

索尔兹伯里 我是发过誓。

亨利六世 你背弃这样的誓言就不怕遭天谴吗?

索尔兹伯里 发誓作孽乃是弥天大罪;

而信守罪恶的誓言则是罪上加罪;

谁能因为受什么庄重誓言的约束

去干行凶的勾当，抢劫他人财物，

强行破坏黄花闺女的贞洁，

霸占孤儿祖上传下来的财产，

强夺寡妇合情合法的继承权，

而如此作恶并没有其他理由，

只因他有个庄重誓言要信守?

玛格丽特王后 奸猾的逆贼莫不善于强词夺理。

亨利六世 宣白金汉，叫他披挂整齐。

约克 把白金汉和你所有的朋友都叫来，

我今天要么命赴黄泉，要么夺回尊严。

克利福德 前半句我包你实现，只要梦能应验。

沃里克 你最好还是回床上做你的梦去，

免得在沙场上遭到狂风骤雨打击。

克利福德 我今天这是横下一条心，

任你掀起什么风浪我也扛得住;

只要凭你们家族的徽记能将你认出，

　　　　　　　我还要将这句话写上你的面甲头盔。

沃里克　　　好，凭着家父[1]的徽记，古老的内维尔家族的顶饰，

　　　　　　　那用锁链拴在糙木桩上的跃立的熊，

　　　　　　　今日我一定要把它高高地佩戴在头盔上，

　　　　　　　就像巍然屹立在山巅的雪松，

　　　　　　　任凭风暴肆虐一样枝繁叶茂，

　　　　　　　叫你见了它就吓得心惊肉跳。

克利福德　　我要把那头熊从你头盔上扯下，

　　　　　　　踩在脚底下轻蔑地恣意践踏，

　　　　　　　那保护熊的养熊人咱可不怕。

小克利福德　战无不胜的父亲，披挂上阵吧，

　　　　　　　将这些叛贼及其党羽彻底镇压。

理查　　　呸，要厚道，懂点儿羞耻！别净说气话，

　　　　　　　今晚你就要和耶稣基督共进晚餐啦。

小克利福德　烙了印的丑东西，那可不是你能说准的。

理查　　　如果不是在天堂，那你必在地狱用餐无疑。　　　分头下

第二场　　／　　**第二十一景**

出战号。沃里克上

沃里克　　　坎伯兰的克利福德，沃里克叫阵呢：

1　家父：岳父。

眼下，愤怒的号角声声催征，
将死的汉子呐喊声响彻天空，
你若不是存心躲避我这头熊，
我说，克利福德，就出来和我交锋。
傲慢的北方一霸，坎伯兰的克利福德，
沃里克喊你出兵，已经喊破了喉咙。

约克上

怎么啦，我尊贵的主公？怎么，徒步而行？

约克　　心狠手辣的克利福德杀死了我的战马；
不过我和他也算打了一个不分高下，
把他那匹十分心爱的漂亮畜生
弄得管保食腐鸢鸷和乌鸦吃得丰盛。

克利福德上

沃里克　　非你即我，或者说咱俩的机会来了。

约克　　且慢，沃里克；你且去寻找别的猎物，
因为这只鹿，我非亲手逮着宰了不可。

沃里克　　那么，就好好干，约克；你是在为王冠而战；——
克利福德，我今天本想立个大功，
要我放下你真叫我心里意气难平。　　　　　沃里克下

克利福德　　你在我身上瞅出什么来了，约克？怎么住手了？

约克　　你这一身英雄气我本该好生怜惜，
只可恨你却是我不共戴天的死敌。

克利福德　　你这一身赫赫本领本也值得称道景仰，
只可惜不光彩地表现在了大逆不道之上。

约克　　我是在主持公道、伸张正义中表现本领，
所以此刻就让它助我抵挡你的剑锋。

克利福德　　我的灵与肉都孤注一掷投入这场战斗！

约克	好一个惊人的赌注！赶紧接招吧。

（两人相斗，克利福德倒地）

克利福德	成者王侯败者寇。[1]（死）

约克	这下战争给了你平静，把你弄得直挺挺，
	上天，如果您允准，愿他的灵魂安宁。 下

小克利福德上

小克利福德	丢人现眼，一片混乱，全都在溃散！
	恐惧生出混乱，混乱又在该稳守的地方
	造成毁伤。战争啊，你这地狱之子，
	愤怒的天庭把你作为施怒的工具，
	望你将复仇的火炭，投入我方将士
	冻僵了的胸膛。莫让一个士兵逃亡。
	真正立志驰骋疆场的决不会贪生；
	惜命的虽侥幸也能落个勇敢之名，
	但那盛名之下绝非他的本性。——

（看见身亡的父亲）

噢，让这邪恶的世界毁灭吧，
叫那早就注定了的末日烈焰
把天地烧成混沌不分的一片。
现在让那召唤众生的大号吹响，
放下个人琐事，止住纤细之声。
亲爱的父亲，莫非你命中注定，
要在和平中消磨掉自己的青春，
而到了银发苍苍、老成持重，
本应安享尊荣、清闲颐养之龄，

---

1 本行原文为法文：*La fin couronne les oeuvres*（事情的成败看结果）。

却要这样浴血疆场丧命？一见这情景，

我的心就化作了铁石；只要它还是我的心，

它就会铁石般坚硬。约克不放过我家老人；

对他们的婴童，我也绝不会再手下留情。

少女的泪珠之于我，将如同露珠之于火[1]，

而那往往能够让暴君搅动柔肠的美貌，

于我将只能是在我的怒火上添柴浇油；

从今往后休想要我再有什么慈悲之心。

约克家族的婴童只要让我碰上，

我定要把他碎尸万段、剁成肉酱，

就像狂怒的美狄亚对待年幼的阿布绪尔托斯那样[2]；

我要以残酷无情来树立自己的名声。

来，您这古老的克利福德家族的新亡人；

我要将您扛在我强壮结实的肩膀上，

就像埃涅阿斯背起老安喀塞斯那样[3]；

可埃涅阿斯背的是一个大活人，

哪里有我的这份伤痛这般深沉？　扛着克利福德的尸体下

理查与萨默塞特上，相斗。萨默塞特被杀

理查　　　这下你就躺在那儿吧：

因为在一块写着"圣奥尔本斯城堡"的

酒店破烂招牌之下，萨默塞特

1　露珠之于火：过去西方人认为露珠可以让火燃得更旺。

2　科尔基斯（Colchis）国王之女美狄亚（Medea）爱上了伊阿宋（Jason），与他私奔；为延缓父王追捕，她杀死弟弟阿布绪尔托斯（Absyrtus），并将尸体碎成块儿撒在身后。

3　在维吉尔的《埃涅阿斯纪》中，埃涅阿斯（Aeneas）曾背着年迈的父亲安喀塞斯（Anchises）逃离火光冲天的特洛伊。

这一死倒是让那个巫师[1]出了名。

剑啊，锋刃可别老；心啊，怒火莫要减；

教士们为敌人祈祷，王公们则杀戮无厌。　　　　　下

交战。两军冲杀。国王亨利六世、王后玛格丽特等上

玛格丽特王后　走，主公，你太慢了；咳，走！

亨利六世　我们跑得过上天吗？好玛格丽特，停下。

玛格丽特王后　你究竟是块什么料？既不打又不逃；

眼下好汉的明智防御之道，

就是避敌锋芒，尽可能保全自己，

这唯一的办法就是逃跑。（远处警号声）

你要是被逮住，等待我们的只有穷途末路；

但如果我们侥幸得脱，要不是你疏忽，

我们完全可以逃脱，我们便可逃回伦敦，

你在那里深得人心，到了那里，

我们目前命运上出的这个漏洞，

不费吹灰之力就可以堵住。

小克利福德上

小克利福德　若不是决心要日后报仇，

我宁可口出恶言，也决不劝您逃走；

不过您非逃不可；我方现存将士，

无不怀着大势已去的沮丧念头。

走吧，为了您的安危，总有一日我们会

时来运转，轮到他们遭受今日之难。

走吧，陛下，走！　　　　　众人下

1　巫师：指罗杰・博林布罗克，他招来的鬼魂预测萨默塞特会死在有"高耸的城堡"的地方
　　（见第一幕第四场）。

第三场 / 第二十二景

警号。收兵号。约克、理查、沃里克及众兵士上，鼓手和掌旗兵前导

约克　　　索尔兹伯里的情况，谁能报告？
　　　　　那头横秋的狮子，盛怒之下已忘记
　　　　　迟暮的伤痛和岁月的无情侵蚀，
　　　　　仍像血气方刚的猛士一般，
　　　　　一有机会便勇如当年。索尔兹伯里
　　　　　要有个闪失，这喜庆日子也就没了喜气，
　　　　　我们也就等于没有夺取半寸土地。

理查　　　我高贵的父亲：
　　　　　今天我曾三次扶他上马，
　　　　　三次在他落马时挺身相救；
　　　　　三次将他带离战场，劝他退出战斗；
　　　　　可还是哪里有危险，我俩就在哪里碰见，
　　　　　就像陋室里挂着华丽帷幔一样，
　　　　　他衰老的躯体里依然斗志昂扬。
　　　　　瞧，他来了，真好个气宇轩昂。

索尔兹伯里上

索尔兹伯里　嘿，凭我这把剑，我要说你今天打得真好；
　　　　　老实说，咱们打得都不孬。谢谢你，理查。
　　　　　上帝知道我还有多少日子好活；
　　　　　托上帝福佑，你今天一连三次
　　　　　拯救我于危在旦夕之时。
　　　　　喂，诸位，我们的胜利还不能算到了手；

眼下是把我们的敌人打跑了，但还不够，
因为他们很快就会重振旗鼓，卷土重来。

约克　　　我知道我们的上上之策就是追击他们，
因为，我听说，国王已经逃往伦敦，
准备立即召开一次议会的御前会议；
咱们这就去追，让他来不及下谕旨。
沃里克大人意下如何，要不要追击？

沃里克　　追击？不，要赶在他们前面，只要有可能；
众位大人，我敢说今天是个光辉的日子。
圣奥尔本斯一战，有名的约克大获全胜，
这一伟绩将永垂青史，流芳万古。
擂响战鼓，吹响号角，全体挺进伦敦，
愿更多这样光辉的日子降临给我们！　　　　　众人下